code name
몽어

스파이 교실

《망아》의 아네트

03

스파이 교실 03

《망아》의 아네트

저자 타케마치
일러스트 토마리

SPY ROOM

the room is a specialized institution of mission impossible

code name bouga

CONTENTS

프롤로그 실종

동료가 사라졌다―.

클라우스는 그 사실을 냉정하게 받아들이고, 아지랑이 팰리스의 홀에 놓인 소파에 앉았다.

평소에도 그는 표정이 풍부하지 않지만, 지금은 한층 더 딱딱한 표정으로 다리를 꼰 채 미동조차 하지 않았다. 눈이 감겨 있어서 자는 것처럼도 보였다. 때때로 눈을 뜨고 테이블에 놓인 라디오를 봤다가 다시 눈을 감았다. 그 행동을 반복할 뿐이었다.

라디오에서는 바이올린 연주가 흘러나왔다. 세계 대전 중에 국민에게 전황을 전달하기 위해 시작된 라디오 방송은, 전후에 오락 방송을 늘려 전쟁 피해의 구렁텅이에서 기어오르는 사람들의 마음을 보듬었다. 그건 환영할 일이지만 지금은 성가셨다.

몇 시간처럼 느껴졌던 음악 방송이 끝나고 마침내 아침 뉴스 방송이 나오기 시작했다. 그러나 경제 정세를 늘어놓기만 할 뿐, 유익한 정보는 없었다.

"적어도 큰 사고는 없군."

클라우스는 그렇게 판단했다.

홀에는 다른 네 소녀가 있었다.

그녀들도 테이블을 에워싸고 안절부절못하며 라디오를 바라보고 있었다.

—스파이팀 『등불』.

딘 공화국의 첩보 기관— 대외정보실 산하에 새로 만들어진 조직이다. 클라우스와 여덟 소녀로 편성되었고, 주로 불가능 임무라고 불리는 초고난도 임무를 수행했다. 불과 2주 전에도 『시체』라고 명명된 적국의 스파이를 포박하여 암살을 미연에 막았다.

하지만 그 뒤처리를 끝낸 후, 네 소녀가 모습을 감췄다.

어젯밤에 귀가할 예정이었으나 아침을 맞이했는데도 돌아오지 않았다.

늦을 거라는 연락도 없다.

행방불명. 그렇게 표현할 수밖에 없었다.

"돌아오는 날짜를 착각한 거라면 좋겠는데요."

그렇게 희망적인 발언을 한 사람은 은발 소녀— 릴리. 사랑스러운 외모와 풍만한 가슴이 특징적인 소녀였다.

클라우스는 고개를 가로저었다.

"사라진 동료가 너라면 그렇게 생각하겠지만……."

"너무해!"

"멤버를 생각하면 그런 실수는 안 하겠지. 전화도 하지 못할 상황이라고 생각해야 해."

클라우스는 지난번 임무에 임하며 팀을 둘로 나눴다.

암살자 『시체』에게 대항할 수 있는 뛰어난 능력을 지닌 네 명. 그리고 클라우스가 없어도 난관을 극복할 수 있는 뛰어난 협조성을 지닌 네 명.

실종된 것은 전자였다. 네 명 모두 실수로 연락을 안 한 것이라고 생각하기는 어려웠다.

"……트러블, 혹은 사고라고 생각하는 게 타당하겠죠."

빨간 머리 소녀— 그레테가 홍차를 끓이며 소감을 말했다. 사지가 가늘어 유리 세공 같은 인상을 풍기는 소녀였다.

"……가르쳐 주세요. 한 달간, 보스와 다른 동료들은 어떻게 지냈나요?"

그 발언에 다른 소녀들도 고개를 끄덕였다. 늠름한 백발 소녀— 지비아는 클라우스를 노려보았고, 소심한 갈색 머리 소녀— 사라도 불안해하는 눈빛을 보냈다.

"맞아요. 줄곧 궁금했어요!"

릴리가 상체를 앞으로 내밀었다.

"어째서 제 방이 폭파된 거죠?!"

"……."

클라우스는 홍차를 받아 한 모금 마셨다.

"그레테, 역시 네가 끓인 홍차는 맛있—."

"말 돌리지 마세요!"

"착오가 있었어."

"착오로 방이 날아가나요!"

릴리의 고함을 들으며 클라우스는 떠올렸다.

현재 릴리의 방은 외벽이 무너져 비가 들이치고 있었다. 침대는 반파되었고, 릴리의 물건은 정원으로 날아갔고, 반쯤 탄 의류가 쌓여 있었다.

어젯밤 돌아와서 이 참상을 목도한 릴리는 기겁했다고 한다.

클라우스는 이야기하기로 했다.

요 한 달, 릴리 일행이 없는 『등불』에서 무슨 일이 있었는지를—.

덧붙여 릴리의 방이 왜 날아갔는지를—.

1장 매료

"그럼 사라의 애완동물들은 나중에 업자를 통해 보낼게."

흑발 소녀—『몽어(夢語)』 티아.

아름답게 생겼다. 윤기 흐르는 긴 흑발과 굴곡이 확실한 몸매, 선정적인 색향을 풍기는 눈매와 입술. 18세라고 생각할 수 없을 만큼 어른스러운 자태였다.

『시체』 처리 임무에는 그레테, 지비아, 사라, 릴리가 선발되었고, 뽑히지 못한 티아는 솔선하여 보조 역할을 했다.

"무기도 나중에 도착하도록 준비해 둘게. 가공의 회사 명의로 말이야. 아, 그래. 지비아의 상처가 악화됐을 때에 대비해 구급상자도 넣어 둘게."

선발된 동료를 위해 헌신적으로 움직였다.

티아는 솜씨 좋게 준비를 진행했다.

동료들 사이에서 「실질적으로 티아가 리더 아니야?」라는 말이 자주 나왔다.

「리더」라는 직함은 클라우스가 갑자기 만들었는데, 어째선지 그는 릴리를 지명했다. 「보스가 있는 조직에 리더는 또 뭐야」라는 태클을 필두로 많은 의문이 있었으나, 최종적으로 「릴리의 의욕을 고취하기 위해 그냥 편의상 만든 것 아닐까?」라는 인식으로 귀결되었다.

아무도 릴리를 리더로 보지 않았다. 『흐흥, 리더라니 좋은 울림이에요』라며 감동하는 본인을 제외하고.

대신 소녀들을 아우르는 사람이 티아였다.

잘 챙기는 성격 때문만은 아니었다. 소녀들 중에서도 1, 2위를 다투는 미모, 그것을 돋보이게 하는 맑은 목소리, 동료와 적극적으로 소통하는 좋은 인품. 나이도 그레테와 함께 가장 많았다. 그런 요소들이 중첩되어 티아가 실질적인 리더 역할을 맡고 있었다.

"그럼 건투를 빌게. 반드시 살아 돌아와."

티아는 출발 직전까지 철저히 보조하고, 여행을 떠나는 소녀들을 배웅했다.

"그레테, 무모한 짓은 하지 마. 선생님과 잘 연계해."

"네, 배웅해 주셔서 감사합니다……."

같은 정보조인 그레테는 더 꼼꼼하게 챙겼다.

그리고 떠나는 순간, 어색한 모습으로 있는 릴리를 보았다.

"어머, 왜 그래? 릴리. 기운이 없네."

"아, 아니요, 좀."

릴리가 허둥지둥 손을 휘젓고 작은 목소리로 말했다.

"선발 때문에 팀 분위기가 안 좋아지진 않을까 걱정했거든요. 하지만 티아의 목소리가 밝아서 의외였다고 할까……."

"어머, 너답지 않아. 평소처럼 더 바보 같이 굴어도 될 텐데."

"말을 해도 꼭!"

"괜찮아. 선생님에게 뽑힌 것에 자신감을 가져. 나는 서운하지 않아. 너희의 노력을 인정해 준 게 기쁠 정도야.”

티아의 격려에 안도한 듯했다.

“알겠습니다! 선택받은 천재 릴리가 대활약하고 올게요!”

릴리는 활짝 밝아진 표정으로 선언하고 현관을 뛰쳐나갔다.

릴리를 좇아 다른 소녀들도 티아에게 손을 흔들고 밖으로 나갔다.

마지막까지 티아는 웃는 얼굴로 있었다.

분함이 느껴지지 않는 여유로운 표정으로 동료를 배웅하고 중얼거렸다.

“……갔지?”

문을 살짝 열고 릴리 일행이 보이지 않음을 확인했다.

홀 쪽으로 이동했다.

소파 옆에 섰다. 크게 숨을 들이쉬었다.

그리고 힘이 쭉 빠진 것처럼 소파에 쓰러져 크게 아우성쳤다.

“분하다아아아아아아아아아아아아아아아아아아아아!”

“다 끝났어! 너무하잖아! 아무것도 못 믿겠어! 줄곧 노력한 내가 제외되다니! 반드시 뽑힐 거라고 확신했었는데! 분해! 분해!!! 분해!!!!!!!!!!!”

손발을 바동바동 움직여 소파를 때렸다.

“내가 뭐가 모자라서! 과제도 열심히 했잖아!”

꼴사납게 날뛰었다.

선발 멤버를 발표했을 때부터 티아는 쭉 참았지만 이제 한계였다.

여유로운 모습은 연기였다. 혀를 깨물고 주먹을 움켜쥐어, 떼쓰고 싶은 충동을 참았었다.

선발을 조금도 납득할 수 없었다. 왜 자신이 뽑히지 않았는가. 왜 부상을 입은 지비아가 선출됐는가. 왜 칠칠맞지 못한 릴리가 뽑혔는가.

의문은 많았으나 분명해진 사실이 있었다.

"선생님은 내 실력을 인정하지 않은 거야!"

그리고 어떤 가능성이 뇌리를 스쳤다.

"즉, 몸을 노리고 나를 『등불』 멤버로 뽑은 거야!"

명추리라고 생각했다.

"전부 이해했어! 선생님이 갈 곳 없는 소녀를 여덟 명이나 곁에 둔 이유는 그거였어! 남자가 다수의 소녀와 동거라니, 성인 소설 같은 상황이라고 생각했다고! 추잡해! 색마! 좀 더 상냥하게 유도해 준다면 나도 아주 싫지만은—."

"시끄러워."

아우성치고 있는데 갑자기 클라우스가 나타났다. 곧장 소파를 기울였다.

티아는 바닥에 굴러떨어져 눈을 동그랗게 떴다.

"어? 선생님…… 어디서부터 들었어?"

"온 저택에 울리는 성량으로 소리를 질러 댔는데, 어디서부터 들었냐는 질문이 의미가 있나?"

클라우스는 진심으로 어이가 없다는 얼굴이었다.
수치심에 사로잡힌 티아에게 말했다.
"빨리 평정심을 되찾아. 너한테는 중요한 역할이 있어."

◇◇◇

세계는 아픔으로 가득하다—.
세계 대전이라고 불리는 사상 최대의 전쟁이 종결된 지 10년. 참상을 목도한 정치가는 군사력이 아니라 스파이를 통해 타국을 제압하는 쪽으로 정책의 방향을 잡았다.
국가들은 첩보 기관에 힘을 쏟으며 스파이에 의한 그림자 전쟁을 펼쳤다.
『등불』은 딘 공화국을 대표하는 스파이팀이다.
다른 동포가 달성하지 못한 임무— 불가능 임무를 전문으로 수행하는 기관이었고, 『시체』라고 명명된 암살자의 살해를 의뢰받았다. 클라우스는 숙고 끝에 네 명을 선발. 그레테, 릴리, 지비아, 사라를 어떤 거물 정치가의 저택으로 보냈다.
하지만 그가 말하길, 이건 페이크라 한다.
"밝혀 두는데, 『시체』와 싸우는 건 너희 네 명이야."
현재 티아는 남은 세 소녀와 함께 홀에서 귀를 기울이고 있었다.
클라우스가 모든 사정을 밝혔다.
그레테 일행은 『시체』의 협력자를 적발하러 갔다. 어떤 거물 정치가 곁에서 암살을 지원하는 협력자를 파헤친다. 클라우스가 근처에 있다고 적이 착각하도록, 그가 없다는 사실을 다른 소녀들에게도 밝히지 않았다.

"『시체』와 싸우기 위해 내가 데려가는 건 너희야."

"……그런 거였구나. 이제야 이해가 가."

티아는 가슴을 쓸어내렸다.

아무래도 버려진 건 아닌 모양이다. 이상하게 여겼던 점도 전부 납득이 갔다.

"설명을 들으니 알겠어. 역시 선생님이네. 좋은 아이디어야."

"아까는 마구 난동을 부렸던 것 같은데."

"그건 잊어 줘……."

"『시체』는 잔인한 암살자야. 항상 냉정해야 해."

클라우스가 날카로운 눈빛을 보냈다.

"무엇보다 성가신 건 『시체』가 아무렇지도 않게 일반인을 죽인다는 거야. 한 명을 암살하기 위해 무관계한 열 명을 죽이는 것도 서슴지 않아. 인명 피해 없이 붙잡는다— 그게 절대 조건이야."

정치가와 스파이— 『시체』는 제국에 해가 되는 자를 죽이고 있다고 했다.

"힘든 조건이란 건 틀림없어. 그러니 시험을 내겠다."

"시험?"

"그래. 저녁때까지 달성하지 못한다면 나는 너희를 데려갈 수 없어."

티아는 숨을 삼켰다.

그의 말은 진실일 것이다. 클라우스는 이미 몇 번이나 혼자서 임무를 완수했다. 위험을 각오하고 단독으로 『시체』에게 도전하려는 거다.

클라우스는 손바닥을 들었다.

"—내 손을 건드릴 것. 그게 시험이다."

평상시 과제— 클라우스에게서 『항복』이란 말을 받아 내는 것보다는 난이도가 낮았다.

하지만 쉽지는 않을 것이다. 제한 시간까지 한나절도 안 남았고, 지금 있는 동료는 네 명이다.

상당히 힘들지 않을까. 초조한 마음이 들었지만—.

"너희라면 달성할 수 있으리라고 믿는다. 그 생각으로 선별한 최강의 멤버야."

"……읏."

성실한 목소리로 고해진 말에 티아는 몸 안쪽에서 열이 솟구치는 것을 느꼈다.

'맞아…… 나는 쟁취했어. 뽑히지 못한 동료에게는 미안하지만, 나는 인정받은 거야.'

주먹을 움켜쥐었다.

계속 혼자서 임무에 도전하던 클라우스가 마침내 의지해 줬다. 그것만으로도 영광인데 네 사람 중 한 명으로 선출해 줬다. 클라우스 정도의 실력자에게 인정받고 기쁘지 않을 리가 없었다.

해내겠다.

시험을 통과하고 『시체』에게 이기자.

"맡겨 줘. 아까는 한심한 모습을 보였지만 그걸로 마지막이야. 신뢰에 부응해 보이겠어."

"—극상이야."

만족스럽게 고개를 끄덕이는 클라우스를 확인하고 티아는 머리카락을 크게 쓸어 올렸다.

빨라지는 가슴의 고동과 함께 동료들을 독려하려고 뒤돌았다.

"자, 얘들아! 작전 회의를 시작하자! 우리라면 반드시—."

말을 멈췄다.

"……어라?"

티아는 고개를 갸웃했다.

동료가 안 보였다. 아까까지 소파에 앉아 있었던 세 소녀가 사라진 상태였다.

"……."

말이 나오지 않았다.

설마 방으로 돌아갔나? 이야기를 나누지도 않았는데? 시험은 어쩌려는 걸까?

"하나 밝히기로 하지."

클라우스가 담담히 고했다.

"선발한 네 명은 기술이 뛰어나. 다만 너를 제외한 세 명은 현저하게 연대를 어려워해."

"뭐……?"

"모니카, 에르나, 아네트는 협조성이 부족하여 양성 기관에서 좌절한 녀석들이야."

담담히 사실을 설명했다.

곰곰이 생각해 보니 『등불』에서 연대를 잘하는 멤버가 한 명도 안 남아 있었다.

"하지만 『시체』에게 맞서려면 멤버의 결속은 불가결해."

"그렇긴 한데, 설마……."

불길한 예감을 느끼고 말하자 클라우스가 도망치듯 걷기 시작했다. 홀의 문을 잡으며 마지막으로 말을 남겼다.

"네가 잘 아우르도록."

"중요한 역할이라는 게 이거야?!"

한층 어려운 문제가 추가되어 티아는 비명을 질렀다.

티아는 머리를 싸매고서 복도를 걷고 있었다.

'……그러고 보니 내가 리더십을 발휘할 때는 늘 동료가 모두 있었어.'

리더 역할을 맡고 있다는 자각은 있었다.

가장 연장자로서, 앳된 구석이 남은 동료들을 도와주려고 의식하고 있었다.

릴리가 리더로 뽑힌 사실에 생각하는 바가 없지는 않지만, 본인이 천진난만하게 기뻐하고 있으니 존중하여 그늘에서 팀을 지탱했다. 그것이 어른의 대응이리라. 동료에게 존경받지 못하는 릴리 대신 자신이 팀을 이끌었다.

지휘하는 것에 불만은 없다. 하지만 큰 고민거리가 있었다.

'분위기를 돋우는 릴리와 지비아가 없어…….'

실력이 불안하긴 하지만, 팀의 분위기를 좋게 만드는 것에는 크게 공헌하는 아이들이었다. 릴리가 분위기를 누그러뜨리듯 바보짓을 하고, 지비아가 곧바로 태클을 거는 것이 정형화된 패턴이었다. 거기에 사라의 귀여운 리액션이 더해지면 상황이 더 잘 정리됐다.

그녀들이 없어지고 나서야 얼마나 고마운 존재인지를 알았다.

게다가 제대로 대화할 수 있는 그레테도 없으니, 팀은 반쯤 무너진 상태에 가까웠다.

'심지어 남은 멤버는 다들 보통내기가 아니란 말이지…….'

티아는 미간을 짚고 복도를 걸었다.

'아무튼 대화 난이도가 낮은 순서대로 가자.'

첫 번째 인물은 어째선지 자기 방에 없었다. 외출한 것 같지는 않은데 모습이 보이지 않았다. 한동안 돌아다니니 어째선지 릴리의 방에서 소리가 났다.

티아가 문을 열자 그녀는 릴리의 침대에 누워 있었다.

"음~ 나한테 볼일 있어?"

청은발 소녀— 모니카. 코드 네임 『빙인(氷刃)』. 보통 몸집에 보통 키로 특징을 잘 표현할 수 없는 소녀였다. 전체적으로 반듯했고 개성을 포착할 수 없었다. 자연스럽게 좌우 비대칭인 머리 모양에 주

목하게 되지만, 이것도 말로 확실하게 설명할 수 없었다.

어디에나 있을 듯한데 어디에도 없는. 그런 초연한 분위기를 가진 소녀였다.

모니카는 누운 자세 그대로 얼굴만 돌려 쳐다봤다.

"볼일 있냐니."

티아는 허리에 손을 얹었다.

"너야말로 릴리의 방에서 뭐 해?"

"조사."

"조사?"

모니카는 수첩과 연필을 들고 누워서 뭔가를 적고 있었다.

"저택에 사람이 별로 없을 때 제대로 조사해 두자 싶어서 말이야."

"아지랑이 팰리스를?"

"뭐, 그냥 생각나서 하는 거야. 너는 왜 왔는데?"

그 이상은 밝히지 않겠다는 듯 화제를 돌렸다.

"뻔한 거 아니야? 얘기를 나누러 왔어. 시험을 어떻게 통과할 거야?"

"아~ 그거 얘기 나눌 필요 없지 않아?"

"……너, 시험 칠 생각이 없는 거야?"

"있긴 한데, 너희랑 협력해도 달성할 수 없을 것 같으니까."

"읏! 왜 멋대로 단정 지어?"

이게' 문제였다.

모니카의 성격— 신조차 두려워하지 않는 불손함.

모니카는 늘 동료를 깔보았다. 겸손을 몰랐고 입도 험했다. 그럴 만한 실력은 있지만, 그래서 더 짜증 났다. 자신보다 어린 열여섯 살이라는 사실도, 열여덟 살인 티아의 심경을 복잡하게 했다.

"빼겨 봤자 꼴사나울 뿐이야."

티아가 목소리를 높였다.

"아무리 잘난 척해도, 『등불』에 있다는 건 너도 양성 학교의 낙오자란 거잖아?"

"전에 말 안 했나? 나는 시험을 건성으로 쳤을 뿐이야."

"어머, 연계를 어려워했다는 정보를 들었는데?"

"틀렸어. 주변 사람들이 나를 못 따라온 거야."

"후후, 변명하는 거니?"

"……."

모니카가 입을 다물었다.

도발이 먹힌 걸까. 그렇게 기대했으나 모니카의 표정은 쿨했다.

불쑥 손을 내밀었다.

"동전 빌려줘."

모니카가 말했다.

"튕길 테니까 어느 면이 나올지 맞혀 봐."

"……정답을 맞히면 협력해 주는 거지?"

"틀리면 나가."

티아가 동전을 휙 넘기자 모니카가 누운 채 동전을 튕겼다. 경쾌한 소리가 울리며 동전은 공중에서 빙글빙글 회전했다.

그것이 정점에 달했을 때, 티아는 고했다.

"앞면이야."

동전은 낙하했고— 바닥 틈새에 끼어 직립했다.

"——!"

"나가 줄래? 나는 자유롭게 하겠어."

성가시다는 듯 모니카가 손을 휘저었다. 노리고 저지른 신기인 모양이다. 놀란 기색도 없었다.

모니카는 이미 티아에게 관심을 끊고 뭔가를 끄적거리는 작업으로 돌아가 있었다.

모니카와 대화하는 것에 실패했기에 두 번째 사람을 찾아갔다.

그녀는 모니카와 달리 성격에 문제가 없다. 하지만 대인 관계 능력에 문제가 있었다.

티아가 다시 홀에 돌아오니 그 소녀는 소파 뒤에 숨어 있었다. 소파의 등받이 위로 정수리가 빼죽 보였다. 금발 일부만이 보이는 기괴한 광경에 정신이 멍해졌다.

"에르나, 얘기 좀 하자."

위협적으로 느끼지 않도록 상냥한 목소리를 내며 다가갔다.

금발이 휙 움직여 다른 소파로 이동했다. 풀숲에 숨은 토끼 같았다.

"에~르나♪."

재도전.

하지만 금발은 기민하게 움직여 도망쳤다. 훌륭한 반사 신경이었다. 티아가 한 걸음 다가가면 그보다 빨리 다른 소파로 이동했다. 몇 번을 달려들어도 잡을 수 없었다.

포기하지 않고 쫓아다니는데 금발 쪽에서 얼빠진 소리가 들렸다.

"앗!"

신발이 훌러덩 벗겨진 모양이다. 공중에 뜬 가죽신의 신발 끈이 끊어져 있었다. 정말이지 운이 나빴다. 쫓던 인물은 융단에 고꾸라져 있었다.

"불행……."

최종적으로 가죽신은 그녀의 머리로 툭 낙하했고 그녀는 서글프게 중얼거렸다.

금발 소녀— 에르나. 코드 네임은 『우인』.

마침내 모습을 확인할 수 있었다. 14세라는 생각이 안 들 만큼 앳되게 생겼다. 밝은 금발과 투명감 있는 흰 피부 때문에 인형처럼 아름다웠다.

그리고 낯을 심하게 가렸다.

에르나는 신발을 고쳐 신고 다시 소파 뒤에 숨어 버렸다.

"저기, 또 도망치면 나도 상처 받는데."

"……미안해요."

소파 건너편에서 목소리가 들렸다.

"하지만 에르나는 눈을 안 마주치는 게 편해."

"으음~ 하지만 너, 평소에는 말수가 더 많지 않니?"

"윽…… 그 말은 대인 기피증을 앓는 사람에게 타격을 줘."

"대인 기피증?"

"여, 여러 가지 타입이 있어……. 에르나는 친한 사람 앞에서는 수다쟁이가 되고, 사람이 많은 곳에서는 발언을 못 하고, 잠깐 보고 말 사람과도 용기를 내면 인사할 수 있어."

"전혀 대인 기피증이 아닌 것 같은데……."

"하지만! 아직 친하지 않은 동료와 일대일 대화는 공포야!"

"기준이 어려워."

"그리고 『평소에는 말 더 잘하지?』라고 지적받는 게 제일 부끄러워!"

소파 위로 보이는 금발이 부들부들 떨렸다.

아무튼 대인 관계를 어려워하는 사람에게는 독자적인 성질이 있는 모양이다.

에르나는 불행 체질— 정확히는 자기 처벌 체질(?)인 것 같다 — 때문에 다른 사람과 교류하는 능력을 키우지 못하고 살아왔다. 이건 어쩔 수 없는 일일지도 모른다.

"……에르나가 잘 대화할 수 있는 사람은 선생님과 사라 언니뿐이야."

그녀의 설명을 듣고 티아는 고개를 가로저었다. 사라는 지금 없다.

자신이 대화를 이끌 수밖에 없었다.

"그럼 간단한 대화부터 시작하지 않을래?"

"히, 힘낼게."

마침내 양보하는 모습을 보였다.

그랬다. 에르나는 대인 관계 능력이 불안하긴 해도 성격은 우호적이었다.

"예를 들면, 그래…… 에르나는 선생님과 무슨 얘기를 해?"

"……사소한 얘기야."

띄엄띄엄 목소리가 들려왔다.

"대체로 날씨 얘기를 해."

"좋네. 날씨 얘기로 즐거운 대화가 이루어지는 건 두 사람의 상성이 좋다는 증거야."

—아니면 둘 다 대화 레퍼토리가 없거나.

후자일 것 같다는 예감도 들지만 넘어가자.

"에르나는 선생님을 좋아해?"

"……연애는, 잘 모르겠어. 사라 언니에게 상담해도 답이 안 나와."

"흐응, 사라랑 그런 얘기도 하는구나."

"사라 언니는 아주 상냥해. 에르나랑 같이 잘 어울려 줘."

매우 신뢰하고 있는 듯했다.

개성적인 인간이 많은 『등불』에서 사라와 함께할 때 편안함을 느끼는 것은 이해가 갔다.

그렇구나. 인간관계를 파악했다. 에르나와 사라는 특수조라는 그룹인데, 사라가 아우르는 역할일 것이다. **통제할 수 없는 또 다른 소녀**도 사라가 잘 대하고 있는 것 같았다.

뒤로 미룬 세 번째 사람을 공략하기 위해서도 일단은 에르나와 마주해야 했다.

두세 개 잡담을 나눠 상대의 경계심이 풀리자 본론을 꺼냈다.

"있지, 에르나. 시험 말인데—."

"대단해……. 에르나, 벌써 5분이나 대화했어."

방심한 것이 문제였다.

에르나는 멍한 얼굴로 천장을 바라보았다. 목소리에서 피로가 묻어났다.

"……피곤하니까 쉴래."

"아직 5분밖에 얘기 안 했는데?!"

힘껏 주장했으나 에르나는 귓등으로도 안 들었다.

날렵한 동작으로 휙 멀어지더니 홀에서 사라졌다.

설마설마했던 2연속 소통 거부.

티아의 발걸음은 무거웠다.

각오는 했었지만 예상을 아득히 웃도는 난이도였다. 설마 멤버 중에서 그나마 나은 두 사람과도 대화를 못 할 줄은 몰랐다.

'결속을 논할 상황이 아닌 것 같은데…….'

이 문제를 해결해야 『시체』를 쓰러뜨리든 말든 할 것 아닌가. 보조를 맞추지도 못하고 있었다.

'게다가 마지막 한 명이 가장 불안해.'

—『등불』 최대의 문제아.

양성 학교의 열등생으로 구성된 팀에서 한층 이채를 발하는 소녀.

'아냐, 말 걸기 전부터 좌절해선 안 돼! 동료인걸. 분명 통할 거야.'

연속 실패를 잊으려는 듯 자신을 타일렀다.

'나라면 할 수 있어! 선생님이 지명했으니까!'

티아는 뺨을 가볍게 때리고 마지막 한 사람의 침실로 향했다.

그녀의 방은 아지랑이 팰리스 구석에 있었다. 처음에는 중앙 부근의 방을 썼지만, 소음에 대한 불만의 목소리가 나와서 옮기게 됐다. 문은 활짝 열려 있었다. 사생활을 보호한다는 발상이 없는 듯했다. 취침 중이든, 옷을 갈아입는 중이든, 그녀는 방문을 닫지 않았다.

벽에 노크하고 방에 들어갔다.

만나고자 한 인물은 방 중앙에서 자고 있었다. 거꾸로 매달린 채.

"……윽."

기름 냄새가 코를 자극했다.

넓은 방에는 많은 기계류가 쌓여 있었다. 잡동사니로만 보이지만 소중한 기계일 것이다. 엔진과 톱니바퀴, 구리선, 용수철이 복잡하게 뒤얽혀 커다란 산을 만들고 있었다. 자세히 보니 기계 틈으로 침대 같은 것이 보였다.

넘쳐 나는 부품 때문에 침대를 쓸 수 없어서 해먹을 설치한 모양이다. 몸 절반이 추락해서 결과적으로 방 중앙에 거꾸로 매달리게 된 것 같았다.

"아네트. 일어나. 낮잠을 너무 많이 자면 밤에 못 자."

돌아가고 싶다는 충동을 억누르고 티아는 소녀의 어깨를 흔들었다.

거꾸로 매달린 소녀는 눈을 번쩍 뜨더니 발에 엉킨 해먹을 풀었다. 낙하하겠다고 생각한 순간, 몸을 빙글 돌려서 바닥에 깔끔하게 착지했다.

"나님, 일어났어요!"

회분홍 머리 소녀— 아네트.

스파이라는 생각이 안 들 만큼 개성적으로 생겼다. 아무렇게나 기른 머리를 둘로 묶어서 억지로 양갈래 머리를 만들었다. 과거에 다쳤는지 안대를 찬 것도 특징적이었다. 이렇게 알기 쉬운 외모를 가진 스파이라니 말도 안 되는 일이었다.

입 다물고 있으면 아주 사랑스러운 생김새지만—.

"있지, 아네트. 일단—."

"앗, 티아 누님."

아네트가 말을 끊고 생글생글 웃었다.

"지금 누님이 밟고 있는 거, 나님이 만든 폭탄이에요."

"뭘 아무렇게나 놔둔 거야!"

"오른쪽부터 단검형 전기 충격기 4호, 만년필형 강력 가스 토치, 뭐든 부수는 바주카포, 슈퍼 파라슈트 3호—."

"종류를 물은 게 아니야!"

티아는 바닥에 어질러진 기계류에서 황급히 멀어졌다. 전부 아네트의 발명품인 모양이다.

지뢰밭을 지나는 기분으로 바닥이 보이는 곳까지 갔다.

"저기, 아네트. 질문이 있는데, 아까는 왜 방으로 돌아간 거니?"

질문을 던지자 아네트는 바닥에 굴러다니던 우유병을 주워 천장을 향해 들었다.

“나님, 따뜻한 우유를 마시고 싶어졌어요!”

“아아, 그래…….”

이쯤 되니 화낼 생각도 안 들었다. 어디서부터 설명하면 좋을까.

“있지, 아네트. 다음부터는 떠날 때 나한테 한마디 해 줘.”

“알겠습니다!”

“이번에도 가혹한 임무야. 괜찮겠어?”

“알겠습니다!”

“……너, 대충 대답하는 거 아니야?”

“아니에요!”

“점프해 봐.”

“알겠습니다!”

아네트가 그 자리에서 뛰었다.

“한 바퀴 돌아 봐.”

“알겠습니다!”

아네트가 옆으로 빙글 돌았다.

“벗어 봐.”

“알겠습니다!”

아네트는 옷을 벗으려고 했고— 티아가 말렸다.

머리를 싸맸다.

“사고 회로가 어떻게 되어 있는 거야…….”

아네트의 특징이었다. **순진무구. 자유분방. 사고를 읽을 수 없음.**

의문스럽게 여겨야 할 일도 그냥 지나친다. 위험한 임무라고 해도 주저하지 않는다. 이해할 수 없는 명령이어도 망설이지 않고 실행한다. 그런가 하면 때로는 이유 없이 거부하고 갑작스러운 기행을 벌인다. 주체 못 하는 호기심으로 기묘한 발명품을 만든다.

클라우스가 말하길, 아네트에게는 양성 학교에 들어가기 전의 기억이 없다고 했다. 『망아(忘我)』라는 매우 직설적인 코드 네임대로. 서류상으로는 14세지만 실제로는 불명. 본인의 기억도, 출생 시의 기록도 없어 보호된 소녀라고 했다.

사고 회로 불명이자 출신 불명— 그것이 아네트라는 소녀였다.

'하지만 어떻게든 대화의 실마리를 잡아야 해…….'

고민하고 있으니 아네트가 이상하다는 듯 고개를 갸웃했다.

"티아 누님, 몸이 안 좋아요?"

"응, 조금."

아네트는 거침없이 티아의 뺨을 찰싹찰싹 때렸다. 난데없이 왕복으로 뺨을 때린 후 「나님 왈, 감기는 아니에요」 하고 진단했다.

어조와 외모, 행동, 모든 것이 엉뚱했다.

하지만 자신의 몸 상태를 걱정한 모양이다. 동료에 대한 애정은 있는 듯했다.

그 부분에 한 가닥 희망을 걸었다.

"있지, 아네트. 선생님이 말한 시험 때문에 난처해. 날 도와줄래?"

"아! 그거라면 나님, 아까 도전했어요!"

"뭐?!"

의외였다.

시험도 잊어버렸을 줄 알았다. 확실하게 마주하고 있었나.

"가르쳐 줘. 아네트는 어떻게 시험에 도전했어?"

"클라우스 형님에게 손 만지게 해 달라고 부탁했어요!"

"뭐……?"

"하지만 거절당했어요."

당연했다.

그게 용인된다면 시험이라고 할 수 없다.

"나님, 심통 나니까 잘래요!"

아네트는 선언하고 늘어진 해먹으로 폴짝 올라갔다. 몸 절반이 흘러내려 또 거꾸로 매달린 자세가 되었지만 기분 좋게 잠들었다.

"……."

티아의 마음이 꺾이는 소리가 났다.

◇◇◇

"무리야…… 불가능해. 이런 멤버를 아우르라니…… 엉망진창이야……."

티아는 쥐가 든 케이지 앞에 쭈그려 앉아 있었다.

자신에게는 리더십이 있으니 동료들이 연대를 어려워해도 아우를 수 있을 것이라는 환상은 산산이 조각났다. 지금까지 잘 풀렸던 것은 이곳에 없는 동료 덕분이었음을 뼈저리게 깨달았다. 혼자가 되자마자 누구와도 대화하지 못하는 참상이 벌어질 줄이야.

괴롭다. 눈물이 날 것 같다. 도와줘.

"……전혀 협력해 주지 않아……. 나도 노력하고 있는데……."

"그렇다고 나한테 오지 마."

티아 옆에서 다정하게 쥐를 품은 클라우스가 쌀쌀맞게 대답했다.

아지랑이 팰리스 변두리에 있는 축사였다.

이곳은 본래 창고였으나, 동물을 다루는 소녀— 사라가 개조하여 많은 애완동물이 살고 있었다. 원래는 매와 개 등이 있었지만 사라가 임무에 데려갔다. 현재 오두막에는 쥐 다섯 마리만 있었다.

"점심시간이 끝날 즈음에 이 쥐를 업자에게 맡겨야 해. 미안하지만 상종할 여유가 없어."

귀찮다는 듯 클라우스가 대답했다.

다들 이튿날 아지랑이 팰리스를 떠나야 한다. 돌볼 사람이 없으니 사라의 애완동물을 맡겨야 했다.

—물론 티아 일행이 시험을 통과했을 때 얘기지만.

그래서 보스가 직접 준비하고 있었다. 티아를 거들떠보지도 않았다.

"아까 난리를 피운 것도 그렇고, 너는 멘탈이 약할 때가 있어."

"……자각은 있어."

정신이 흐트러지는 것은 어제오늘 시작된 일이 아니었다. 클라우스를 습격하는 훈련에 실패했을 때도 곧잘 토라졌다.

"있지, 선생님……."

티아는 달콤한 목소리를 냈다.

"상냥하게 위로해 줘."

"거절하지."

단호한 거절.

티아는 원망스럽다는 얼굴로 클라우스를 노려보았다.

"……풀 죽은 나를 보고서 그런 너무한 말을 한 남자는 처음이야."

"지금까지 봤던 남성은 어땠지?"

"멋진 사람들뿐이었어. 나를 줄~~~곧 칭찬해 줬어. —아침까지."

"그렇게 오냐오냐한 결과가 빈약한 멘탈인가."

무뚝뚝한 클라우스에게 티아는 다시 얄밉다는 시선을 보냈다.

외모에는 자신이 있었다. 거리를 걸으면 남성의 시선을 모았고, 이쪽에서 말을 걸면 90% 이상의 남성과 관계를 맺을 수 있었다. 뛰어난 외모를 가진 이가 많은 『등불』에서도 1, 2위를 다투는 미모라고 자부했다.

하지만 클라우스에게는 통하지 않았다.

수없이 미인계를 시도했지만 그가 반응한 적은 한 번도 없었다.

"조금은 자제하는 게 어때? 그것 때문에 양성 기관에서 성적이 떨어진 거잖아?"

"……사귀던 교관에게 부인이 있는 줄은 몰랐단 말이야."

"수라장을 만들었군."

"나도 두 번 다시 겪고 싶지 않아. 조금은 자중하고 있어."

티아에게 낙오자 낙인이 찍힌 원인이었다.

거리로 나가서 남자와 잤고, 아니면 남성 교관과 밤을 보냈다. 그녀에게는 스파이 훈련이기도 했다. 하지만 과도한 소행은 다른 교관의 반감을 샀고 부당하게 성적이 떨어졌다.

"어쨌든 시험을 통과하지 못하면 나는 너희를 데려가지 않을 거야. 연대가 불충분한 채 임무에 도전하면 너희가 죽을 뿐이야."

클라우스의 목소리에는 힘이 들어가 있었다.

"최악의 경우에는 나 혼자 도전하겠어."

"……읏."

"하지만 위험성은 커지겠지. 『시체』가 무관계한 국민을 죽일 위험성이."

눈앞에 제시된 책임의 무게에 신음이 나왔다.

—자신들이 시험을 통과하지 못하면 국민이 죽는다.

스파이가 짊어지는 중압.

초인인 클라우스가 『시체』에게 패배하지는 않을 것이다. 하지만 『시체』는 암살이나 도주를 위해 일반 시민을 아무렇지도 않게 살육한다. 그것을 저지할 일손이 필요했다.

"……."

티아는 작업을 진행하는 클라우스의 오른손으로 팔을 뻗었다.

하지만 손은 미꾸라지처럼 달아났다.

몇 번이나 강제로 그 손을 만지려고 시도했지만 역시 그의 속도에는 미치지 못했다. 물이 든 양동이를 넘어뜨리고 색정적인 목소리를 내 봤지만 클라우스는 무시했다. 물 먹은 치마가 달라붙어 드러난 몸매에 조금도 관심이 없는 듯했다.

역시 자신 혼자서는 달성할 수 없을 것 같았다.

동료와 협력해야 했다.

하지만 어떻게? 제대로 대화도 안 되는 인간들과 어떻게 연대해야 하지?

"티아."

입술을 깨물고 있으니 클라우스가 말을 걸어왔다.

"그러고 보니 너는 유독『화염』에 관해 자세히 알았지. 왜지?"

갑작스러운 화제 전환이었다.

"음…… 맞아. 실은 딱 한 번 접점이 있었어."

티아는 고개를 끄덕였다.

『화염』이 자신의 우상이라고, 클라우스에게 몇 번 말한 적이 있었다.

"7년 전,『화염』이 내 목숨을 구해 줬어. 선생님은 기억 안 나? 제국의 스파이에게 유괴당한 대형 신문사 사장의 외동딸."

"……글쎄. 나는 따로 행동하고 있었을지도 몰라."

"기억 속에 선생님이 없으니까 그럴지도 모르겠네.『화염』은 붉은 머리 여성이 가르쳐 줬어."

티아는 무의식적으로 미소 짓고 있었다.

"잠들지 못하는 내게 들려줬어. 아주 자상한 사람이었어. 생명의 은인이고 내 우상이야."

클라우스는 의외라는 시선을 보냈다.

"붉은 머리 여성인가……. 국가의 극비 정보를 잠자리 이야기로 들려주다니, 파격적인 그 사람다워."

"맞아. 누군지 알아?"

"그래. 코드 네임은 『홍로』— 선대 『화염』의 보스야."

뭐?! 하고 목소리를 높이고 말았다.

젊었기에 말단인 줄 알았다. 설마 전설적인 스파이팀의 보스였을 줄이야.

클라우스가 눈을 가늘게 뜨고 그리워하는 표정을 지었다.

"티아, 『화염』의 멤버는 사이좋아 보였나?"

"어……?"

"가족처럼 친밀한 팀이어도 때로는 불만스럽기도 하고 이해하지 못하기도 해. 빈번히 싸우기도 했어. 평소에는 다정한 보스도 의논할 때는 꽤 고집이 셌어. 다들 생각하는 바가 제각각이라 좀처럼 수습이 안 돼서 수없이 부딪쳤어."

"좀 의외네……."

"하지만 그게 나쁘다고 생각하진 않아."

클라우스는 고했다.

"—대립을 즐기도록 해. 동료와의 다름이 팀의 열쇠야."

티아의 가슴에 스며드는 말이었다.

"보스가 했던 말이지. 너는 정면으로 동료와 부딪쳐야 해."

『홍로』의 말.

티아의 마음에 푹 꽂히는 감각이 들었다.

축사에서 나오니 모니카가 있었다.

스패너를 쥐고 있었다. 말을 걸기 전에 저택 안으로 돌아갔다.

'……재는 아까부터 뭐 하고 있는 걸까.'

자유롭게 하겠다고 모니카는 말했지만, 아무것도 가르쳐 주지 않는 것은 화가 났다.

티아는 조금 고민하고서 릴리의 방으로 향했다. 아까 모니카가 있었던 곳이다. 조사라고 했다. 그녀가 무엇을 쫓는지 알아내 주겠다고 생각했다.

릴리의 방은 본인의 성격과 어울리지 않게 깔끔히 정돈되어 있었다. 벽에는 약품이 빽빽이 늘어서 있었다. 독을 다루는 자로서 위험하다는 의식이 있을 것이다. 그래 봬도 본바탕은 성실했다.

하지만 바닥에 종잇조각이 한 장 떨어져 있었다. 릴리의 물건 같지는 않았다.

'모니카가 찢어서 버린 메모……?'

종이를 펼치자 정보가 나열되어 있었다.

【수도 시설: 정원, 부엌, 욕실, 대욕탕×, 화장실】

아지랑이 팰리스에 관한 정보였다.

왜 모니카는 새삼 이걸 조사하고 있는 걸까. 「대욕탕」 옆에 적힌 가위표의 의미도 불명이었다. 클라우스가 쓰는 욕실에는 가위표가 없고, 소녀들이 사용하는 대욕탕에만 있었다.

신경 쓰여서 글자를 좇으니 생각지 못한 정보가 눈에 들어왔다.

【릴리— 다른 침실보다 한층 넓음. 선대 보스의 침실?】

퍼뜩 놀라 얼굴을 들었다.

모니카는 『화염』을 조사하고 있었나.

그녀가 지적한 대로 다른 소녀의 침실보다 한층 큰 것 같았다. 2층 끝에 있는 방이기 때문이리라. 기본 인테리어도 호화로웠다. 침대도 고급품이라는 것은 보면 알 수 있었다.

다른 거주민보다 한 등급 높은 인간이 지내는 방이었다.

"릴리의 방이 『홍로』 씨의 침실이었어?!"

클라우스의 방보다 단연코 햇볕이 잘 들었다.

약삭빠르게 가장 좋은 방을 차지한 릴리의 맹랑함과 여전히 방을 옮기지 않은 클라우스의 고독함을 생각하며 티아는 멍하니 방을 둘러보았다.

'내가 동경했던 사람…… 스파이가 되고자 한 이유 그 자체…….'

지옥에서 구출해 준 생명의 은인.

태양처럼 따뜻하게 티아의 겁먹은 마음을 녹이고, 업화처럼 격렬한 강함을 가진 여성— 끌리지 않을 리가 없었다.

마음에는 그녀와 한 약속이 남아 있었다.

『그 특기를 갈고닦으면 너는 누구보다 강한 스파이가 될 수 있어.』

『하지만 나는 단순한 스파이가 되지는 않았으면 좋겠어.』

『히어로를 목표로 삼으렴.』

『그 약속을 지켰을 때, 분명 나와 재회할 수 있을 거야. 멋진 선물을 준비해 둘게.』

재회하지는 못했지만, 건네준 말은 지금도 여전히 살아 있었다.

특기를 계속 갈고닦았다. 기분 전환 삼아 다수의 남성과 관계를 맺은 것이 아니었다. 자신의 재능을 개화시키기 위해서였다. 몇 번이나 좌절했지만, 이상을 버린 적은 한 번도 없었다.

—히어로를 목표로.

자신의 목숨을 구해 준 그 붉은 머리 스파이처럼.

"……『홍로』 씨, 당신도 동료와 부딪치며 앞으로 나아간 거구나."

멘탈은 회복되어 있었다.

동경하는 사람의 방에서 맹세했다. 지금 필요한 것은 성공을 끌어당기는 비할 데 없이 강력한 자기주장이다.

"당신이 지킨 국민을, 이번에는 내가 지켜 내겠어. —당신이 발견해 준 힘으로."

티아는 고아한 미소와 함께 선언했다.

"코드 네임 『몽어』— 매료해 부술 시간이야."

◇◇◇

에르나는 부엌에서 점심을 만들고 있었다. 배고프면 시험도 칠 수 없다.

소녀들이 절반으로 줄었어도 식사는 당번제였다. 자신들이 직접 만들어야 했다. 듣자 하니 릴리 일행은 지금쯤 메이드 행세를 하고 있을 거라고 했다. 요리도 스파이 훈련이었다.

"……."

하지만 좀처럼 집중할 수 없었다. 머리가 잘 돌아가지 않았다.

에르나의 습관— 머릿속 반성회가 개최 중이었다.

'……티아 언니한테서 도망치고 말았어.'

에르나는 완전히 풀이 죽어 있었다.

너무 무례하지 않았을까.

'역시 대화를 계속해야 했어…….'

좀 더 이야기꽃을 피워야 하지 않았을까. 귀엽게 웃어야 하지 않았을까. 그렇게 끝없이 반성했다.

좀 더 협력해야 한다고 클라우스가 한 번 말했었다.

기드를 쓰러뜨렸을 때는 릴리와 잘 연계할 수 있었다. 하지만 릴리가 거침없이 다가오는 타입이라서 에르나는 그다지 노력할 필요가 없었다.

다시 한번 그때처럼 협력할 수 있다면 멋질 텐데—.

'하지만.'

결심하기 전에 무심코 마음이 제동을 걸고 말았다.

'역시 에르나의 불행에 말려들면 다들 멀어질 거야.'

저주처럼 깊이 밴 발상이 고개를 들었을 때, 뒤에서 목소리가 들렸다.

"어머, 에르나잖아."

"윽!"

기척을 전혀 눈치채지 못했다.

티아가 키득키득 웃었다.

"그렇게 겁먹지 않아도 돼. 요리 당번? 다른 한 명은?"

"모니카 언니야. 잠깐 기다리라는 메모를 남기고서 사라져 버렸어."

"어휴! 땡땡이인가."

곤란한 아이라는 듯 티아가 뺨을 부풀렸다.

익살맞은 행동으로 친밀함을 보이는 것 같았지만 에르나는 그걸 신경 쓸 여유가 없었다. 아직 친하지 않은 상대에게 퍼스널 스페이스 침입을 허용하여 심장이 쿵쿵거렸다.

장소는 좁은 부엌이었다. 도망칠 곳이 없었다.

어느새 도망친다는 발상에 이른 자신을 깨닫고 에르나는 고개를 저었다.

'아, 아니야. 지금은 용기를 쥐어짜서—.'

말을 자아내려고 입을 열었을 때, 티아가 작게 웃었다.

"있지, 에르나. 나랑 친해지고 싶니?"

어른스러운 음성이었다.마치 몸에 끈적하게 휘감기는 듯한.

"솔직하게 대답해 줘. **속마음을 드러내서라도** 나랑 친해지고 싶니?"

"그건……."

일순 머뭇거렸다.

"……친해지고 싶어."

"응. 그럼 3초만 참아."

"응?"

"딱 3초, 나랑 마주 봐 줄래?"

말이 끝나기가 무섭게 티아가 에르나에게 양손을 뻗었다. 에르나는 반사적으로 도망치려는 몸을 이성으로 붙잡았다.

티아의 손가락이 에르나의 양 뺨을 감싸듯 휘감았다. 서늘한 손이었다.

입을 맞추는 커플 같은 자세였다. 티아가 흑요석 같은 맑은 눈으로 바라보았다. 에르나의 얼굴을 들어서 마주 보는 형태가 되었다.

"이대로."

티아가 달콤하게 속삭였다. 수치심으로 저릿저릿한 뇌에 침투하는 듯한 목소리였다.

3초라는 시간 지정.

하지만 에르나에게는 몇십 배나 길게 느껴졌다.

세상의 연인들은 이런 경험을 하고 있는 건가 싶어서 당황스러웠다. 심장이 쿵쿵 뛰었다. 티아의 눈은 자신을 꿰뚫어 보는 것 같았다.

희미하게 한기를 느꼈다.

—마치 마음을 들여다보는 것 같아서.

"에르나."

반지르르한 입술이 움직였다.

"너는 아주 귀엽구나."

3초가 지난 모양이다. 티아의 손에서 해방되었다.

크게 심호흡했다. 팽팽한 분위기에 저도 모르게 숨을 멈추고 있었다.

대체 뭐였을까. 멍하니 있는데 생각지 못한 말을 들었다.

"—너, 진짜 언니를 갖고 싶니?"

"윽."

"그래서 우리를 『언니』라고 부르는 거야? 어리광쟁이구나. 평범한 열네 살 소녀와 비교해서 정신이 어리다는 자각은 있지? 큰일이네. 어리광 부리고 싶다는 감정은 심해지는데 겉으로 드러내지 못해서 자신을 규제하고."

티아가 술술 말을 늘어놓았다.

목소리에는 비웃음과 조롱이 다분히 담겨 있었다. 무례하게 남의 마음에 개입하는 듯한 음성이었다.

압박된 것처럼 가슴이 괴로워졌다.

티아의 분석은 에르나의 내심을 정확하게 알아맞혔다.

"그건……."

초조해져서 에르나는 목소리를 높였다.

"아니야……. 에르나는 단순히 불행에 말려들지 않게……."

"그래서 그 욕망이 이루어지지 않는 거구나. 어릴 때부터, 쭈욱."

티아가 키득거리며 조소했다.

"—유치해."

얼굴이 확 뜨거워졌다.

수치심인지 분노인지. 구분할 수 없는 격정이었다.

—왜 이런 말을 들어야 하지?

에르나는 어릴 적에 가족을 잃었다. 화재로 부모와 형제를 잃고 자신 혼자 살아남았다. 다른 아이들이 부모와 함께 놀 때 에르나는 줄곧 혼자 지냈다.

사실은 어리광 부리고 싶은 감정을 억누르고서.

자신 혼자 살아남다니 약았다. —그런 망집에 사로잡혀 지냈다.

언니와 오빠는 이제 웃을 수도 없는데 자신이 행복한 건 약았다—.

그래서 사고 현장에 이끌려 자신을 벌하는 습관이 몸에 배고 말았다. 무의식적인 자기 처벌 체질이 되었다. 자기혐오와 속죄의 감정을 섞어 가혹한 스파이 세계에 몸을 던졌다.

그 고뇌를 왜 비웃음 당해야 하는가!

"아니야. 에르나는—."

"좋아. 내가 에르나의 언니가 돼 줄게."

에르나의 고함은 티아의 포옹에 강제로 막혔다.

포근한 가슴에 감싸였다. 그리운 상냥한 내음이 코를 자극했다.

"동료에게는 비밀로 해 줄게. 몰래 울어도 돼. 내 귀여운 동생아."

"아……."

"부끄러워하지 말고 솔직해지렴. 이성 따위 버려도 돼."

밀착한 거리에서 귓가에 속삭였다. 머리에 직접 울리는 듯한 목소리였다.

"누구에게도 말 못 할 욕망을, 내가 받아 줄 테니까."

솟구쳤던 격정이 점차 희미해졌다.

티아의 손이 에르나의 등을 살며시 쓸었다. 아주 자상하고 기분 좋은 터치였다. 에르나가 지금껏 살면서 맛본 적 없는 손길이었다.

등골이 오싹하게 떨렸다. 공포일까. 이대로 있다가는 자신이 덮어 씌워질 것 같은 감각.

하지만 저항할 수 없었다.

티아의 입술이 자아낸『동생아』라는 살짝 놀리는 듯한 말에 가슴이 떨렸다. 한 번 더 듣고 싶어지는 감미로운 울림이 상처 받은 마음의 틈새로 파고들었다.

머리가 돌아간 것은 거기까지였고 점차 아무 생각도 못 하게 되었다. 이불 속에 있는 것 같았다. 부드러운 가슴의 감촉에 머리가 멍해졌다.

에르나는 온몸의 힘을 빼고 티아에게 몸을 맡겼다—.

◇◇◇

티아의 품속에서 에르나가 축 늘어져 있었다. 눈이 어딘가 공허했다.

그것을 확인하고 티아는 안도하여 가슴을 쓸어내렸다.

잘 먹혔다.

동성이나 연하, 하물며 동료에게는 평소에 쓰지 않는 스킬이지만 문제없이 작용한 듯했다. 에르나에게서 전해지는 몸의 열을 느끼고 확신했다. 티아에게 완전히 경계를 풀었다.

티아는 적당히 때를 봐서 에르나를 풀어 줬다. 에르나는 아쉬워하는 표정을 지었지만, 몇 번 머리를 쓰다듬자 얼굴을 붉히고 다시 점심을 준비하러 갔다.

부엌에서 나오니 복도에 모니카가 서 있었다. 불퉁한 얼굴로 벽에 기대 있었다.

"에르나한테 무슨 짓을 한 거야?"

보고 있었나 보다. 그러고 보니 모니카도 요리 당번이었나.

티아는 가볍게 고개를 가로저었다.

"대수롭지 않은 특기야. 자랑할 정도는 아니지."

—타인의 소망을 읽는다.

그것이 티아의 특기였다.

상대가 어떤 욕망을 품고 있는지. 어떤 행위를 바라는지.

결코 상세하지는 않지만 알아차릴 수 있었다. 비틀린 성적 소망부터 비밀스러운 야망까지. 그렇게 알아낸 소망에 따라 몸이든 돈이든 제시하면 대부분의 인간을 함락할 수 있었다.

—교섭 전문가.

『홍로』에게 인정받은 티아의 재능이었다.

"원한다면 알려 줄게. 남자를 함락하는 기술을 포함해서 친절하게 하나하나 전수해 줄게."

"전혀 관심 없어."

"걱정하지 않아도 돼. 그레테에게 미인계를 전수한 스승이 바로 나야!"

"그 애처로운 성희롱, 네가 원흉이냐."

"애처롭다고 하지 마! 본인은 나름대로 노력하는 거야!"

모니카가 냉소했다.

"필요 없어. 다루기 어려워 보이는걸. 어떤 인간이든 구워삶을 수 있다면 진즉에 클라우스 씨에게 이겼겠지."

"징그러울 만큼 이해가 빠르네……."

그랬다. 모니카가 눈치챈 것처럼 티아의 특기에는 조건이 있었다.

—상대와 3초 마주 보는 것.

자신에게 흑심을 품은 남성이라면 간단히 달성할 수 있었다. 하지만 경계심이 강한 클라우스 상대로는 달성된 적이 한 번도 없었다. 적과 교전 상태일 때는 전혀 도움이 안 됐다.

그러나 일단 조건을 달성하면 비할 데 없이 강력했다.

계속 불손한 태도를 취하는 모니카조차도—.

"그 눈초리는 뭐야."

모니카가 옅게 웃었다.

티아의 기운을 느꼈는지 호전적인 얼굴이 되었다.

"나한테 시도해 보려고? 좋아. 날 길들여 봐."

"……안 해. 동료에게는 본인의 허락 없이 쓰지 않아."

나름대로 정한 금제였다.

멋대로 타인의 마음을 읽어 봤자 좋은 일 따위 없었다.

"모니카, 네가 우리와 협력할 마음이 없다면 됐어. 나도 자유롭게 하겠어. 발목만큼은 잡지 마."

"그래? 시시하네."

모니카가 손바닥을 천장으로 돌렸다. 비웃는 제스처였다.

"내가 마음에 안 들면 힘으로 굴복시키면 될 텐데."

"무슨 소릴 하는 거야……?"

농담이거나 도발이라고 생각했다.

하지만 모니카의 눈에 담긴 것은 둘 중 어느 것도 아니었다. 연민이었다. 진심으로 시시한 것을 보는 듯한 멸시를 보냈다.

"……이 팀은 진짜 착한 애들밖에 없다니까."

"뭐?"

"그중에서도 가장 심한 건 너려나. 친목질에 타락한 아가씨— 정말 구역질이 나."

모니카는 한숨을 쉬었다.

"하지만 전원 다 물러 터졌지. 냉혹함— 스파이에게 없어서는 안 될 엄격함이 이 팀에는 결정적으로 빠져 있어. 앞으로 악랄한 적에게 맞설 수 있을지 나는 불안하기만 해."

내뱉듯 말하고서 복도로 사라졌다.

떠나는 모니카가 스패너를 들고 있는 것이 보였다. 뭔가 공작 중이었나.

"뭐, 착한 아이답게 꼬맹이나 돌보지 그래?"
모습이 보이지 않게 된 후, 그런 모멸의 말만이 전달되었다.
"……쟤는 무슨 말을 하고 싶은 거지."
일방적으로 매도당했다. 심지어 상당히 애매한 이유로.
가슴이 답답해졌지만 상대할 시간은 없었다. 성격이 저 모양이니, 억지로 협력을 바라기보다 멋대로 움직이게 두는 편이 잘 풀릴 것이다.
지금은 우선해야 할 사항이 있다.
확실하게 협력을 얻고 싶은 동료는 따로 있었다.

◇◇◇

『등불』의 소녀들은 다들 누구에게도 지지 않을 특기를 가졌다.
원래는 기드를 쓰러뜨리기 위한 필살기였을 것이다. 국내의 스파이를 다 꿰고 있는 남자도 예상할 수 없는, 낙오자의 일회용 필살기.
릴리의 독, 그레테의 변장, 지비아의 절도, 티아의 교섭—.
출신이나 체질 등 본인의 자질과 결부시킨, 누구도 흉내 낼 수 없는 고유 기능.
그리고 팀 안에서 세 소녀는 다른 동료들을 능가하는 강렬한 특기를 가지고 있었다.
그녀들은 격투술도 특기가 아니고, 지략도 뛰어나지 않았다. 정신적으로 앳된 구석이 남아서 혼자 행동하게 둘 수도 없었다. 하지만 그 파괴적인 능력만으로 동료를 보조했다.

클라우스는 그 세 명을 후방 지원 전문 그룹으로 묶었다.

특수조.

사라의 조교, 에르나의 사고, 그리고 아네트의—.

티아는 그중에서도 아네트의 능력이야말로 반칙이라고 믿고 있었다.

◇◇◇

아네트는 자기 방이 아니라 화장실에 있었다. 손을 씻으러 왔나 싶었는데 세면대 밑에 쭈그려 앉아 있었다. 양손에 드라이버를 쥐고 있었다.

티아가 다가가자 아네트는 고개를 휙 돌려 쳐다보았다.

"아! 티아 누님!"

"……뭐 해?"

"나님, 수도꼭지가 망가져서 수리 중이에요!"

그렇게 설명하는 아네트의 발치에 커다란 부품이 몇 개 굴러다니고 있었다. 수도관 수리에 쓰기에는 거창한 도구였다.

더욱이 신경 쓰이는 점이 있었는데—.

"수도꼭지가 세 개로 늘지 않았니?"

익숙한 세면대의 수도꼭지가 셋으로 늘어나 있었다.

전부 똑같은 각도로 똑같은 수도꼭지가 늘어서 있었다. 어떤 것이 원래 있던 수도꼭지인지 티아의 눈으로는 판단할 수 없었다.

"형태도 오염도 흠집도 완전히 똑같은 수도꼭지. 정답은 하나고, 꽝을 틀면 대폭발해요!"

"……진짜 너는 천재구나."

티아는 저도 모르게 숨을 내쉬었다.

이것이 아네트의 특기— 공작이었다.

넘쳐 나는 호기심으로 기계를 만지는 게 특기였다. 스파이 도구 제작부터 전기나 수도 시설 공작, 도장을 통한 은폐까지 폭넓었다.

아네트에게는 큰 강점이 있었다.

—아네트의 발명품은 공화국의 기술 수준을 뛰어넘었다.

타국, 혹은 비밀 기관에서 지식을 터득했다고 생각할 수밖에 없었다.

아네트 자신도 출신지를 기억하지 못하지만, 몸에 밴 과학 기술만큼은 잊지 않았다. 그녀가 스파이 양성 기관에 스카우트된 까닭이었다.

'만약 이 기술을 스파이 활동에 쓸 수 있다면……!'

안타깝다는 생각마저 들었다.

아네트는 그 스킬을 장난이나 묘한 발명품에 썼다. 가끔 내킬 때만 고품질 도구를 만들었다.

'아냐, 내가 이끌어 보이겠어.'

다시금 결심하고 티아는 말을 걸었다.

"있지, 아네트."

"왜 그러시나요?!"

"나랑 친하게 지낼 마음 있니? 아주 조금, 속마음을 밝혀서라도."

"……."

아네트는 웃는 가면을 쓴 것처럼 미소 지은 채 굳었다.

작동하지 않게 된 기계처럼 조금도 표정을 움직이지 않았다.

유리구슬 같은 눈동자가 어디에 초점을 맞추고 있는지 읽어 낼 수 없었다.

"네! 나님, 누님과 친하게 지낼래요!"

침묵한 후, 아네트는 동의했다.

티아는 한숨 돌렸다. 첫 번째 벽은 넘었다.

"그래. 그럼 내 눈을 봐 줄래?"

아네트의 뺨으로 양손을 뻗어 그녀의 얼굴을 감싸듯 잡았다. 상대는 간지럽다는 듯 꼼지락거렸지만, 손에 힘을 줘서 얼굴이 움직이지 않도록 했다.

이윽고 티아의 시선과 아네트의 시선이 마주쳤다.

"—그대로 움직이지 마."

두 사람은 30cm쯤 되는 거리에서 마주 보았다.

아네트는 한쪽 눈에 안대를 착용했다. 하지만 문제없을 것이다. 상관하지 않고 실행했다.

티아는 입술을 꾹 다물었다.

그때, 몸이 차가워지는 것을 느꼈다. 이제까지 살면서 경험한 적 없는 감각이었다.

'……몸이 두려워하고 있어? 아네트의 마음을 읽는 것을?'

심장 소리가 크게 울리는 생리 반응은 공포와 비슷했다.
이유는 알 수 없었다.
하지만 아네트에게 다가가는 것을 본능이 경고했다.
'아니, 겁낼 때가 아니야……. 동료와 마주하고 부딪쳐야 해.'
동경하는 히어로의 존재가 나약함을 몰아냈다.
'—그게 『홍로』 씨에게 다가갈 수 있는 유일한 길이니까.'
티아는 3초간 아네트의 눈을 바라보았고—.
"……어?"
얼떨떨한 결과에 도달했다.
"왜 그러세요?"
아네트가 순진하게 웃었다.
"나님의 마음, 보였나요?!"
티아는 당황했다. 알아낸 소망은 예상을 크게 벗어나 있었다. 하지만 읽어 낸 것이 틀린 적은 지금껏 없었다.
'설마, 그런 거야……?'
놀라웠다.
'이게 아네트를 컨트롤할 교섭 재료……?'
말을 꺼내는 데 시간이 필요했다.
"음, 그게 말이지……."
침을 삼키고 말을 붙였다.
"네?"
"최근 줄곧 생각했는데……."

납득할 수 없지만 말해 볼 수밖에 없다.

"……너, 키 컸니?"

꽃이 활짝 피어나듯 아네트의 얼굴이 환해졌다.
"역시 티아 누님! 알겠나요?!"
점프하여 티아의 목에 팔을 감았다.
"정답이에요! 나님, 지난달보다 3mm나 키가 컸어요! 작년과 비교하면 2cm! 쭉쭉 커지고 있어요! 자는 방식을 바꾼 성과예요!"
거꾸로 매달려 자는 것에는 그런 의미가 있었나.
아네트는 신난 모습으로 말하며 티아의 등을 퍽퍽 때렸다. 무구한 어린아이처럼 기뻐했다.
"……."
하지만 티아의 감정은 복잡했다.
—키를 더 키우고 싶다.
그것이 티아가 읽어 낸 아네트의 소망이었다.
아네트의 마음을 알았을 텐데 더욱 이해할 수 없게 된 기분이었다. 아네트를 나타내는 핵이 보이지 않았다. 다섯 살배기의 마음을 본 것 같았다.
—아네트의 마음은 텅 비어 있었다.
아무튼 티아는 「시험을 통과하면 우유푸딩 만들어 줄게」 하고 말했다. 아네트는 「나님, 더 커질 수 있어요!」라며 흔쾌히 협력을 허락했다.

우여곡절은 있었지만 티아가 두 동료와 결속한 것은 틀림없었다.
자신의 방에서 호령했다.
"자! 애들아! 시험을 통과하는 거야!"
당당히 선언하자 씩씩한 대답이 돌아왔다.
"응!"
"나님도!"
에르나와 아네트가 나란히 서서 천장을 향해 오른손을 들었다.
눈시울이 뜨거워졌다.
"티아 언니, 왜 그래……?"
자신에게 완전히 경계심을 푼 에르나가 물었다.
"아니, 여기까지 길었다 싶어서……."
""……?""
아네트와 에르나가 동시에 고개를 갸웃했다.
어째선지 이미 시험에 도전한 것처럼 피곤했다.
"아무튼…… 아까 솔깃한 정보를 얻었어. 릴리의 방이 예전에 『화염』의 보스가 쓰던 방인 것 같아. 그걸 미끼로 내가 선생님을 불러낼게. 아네트는 릴리의 방에 함정을 설치해 줘. 에르나는 함정을 피해 선생님의 손을 잡아 줬으면 해."
티아는 계획을 말하고서 세게 손뼉을 쳤다.

"자! 가자! 우리의 힘을 보여 줄 때가 왔어!"

아네트와 에르나를 릴리의 방에 보내고 티아는 클라우스를 찾았다. 그는 아무래도 욕실에 있는 것 같았다. 샤워하려는 걸까. 뭔가 소리가 들렸다.

샤워를 시작하면 기다려야 한다.

시간 낭비를 걱정하며 티아는 욕실로 달려갔다.

옷을 갈아입는 중이라면 깜짝 놀라게 할 생각으로 욕실 문을 벌컥 여니—.

"자, 끝."

탈의실에서 클라우스와 손을 맞부딪치는 모니카의 모습이 보였다.

경쾌한 짝 소리가 났다.

"어……?"

티아는 입을 벌리고 굳었다.

모니카는 탈의실에 있는 세면대에서 손을 씻고 가볍게 웃었다.

"수고. 그럼 나는 점심이나 먹어야겠다."

"스, 스톱! 어, 어째서."

황급히 모니카의 팔을 잡고 외쳤다.

"선생님도 왜 간단히 손을 만지게 하는 거야!"

무슨 일이 벌어진 것인지 도통 알 수 없었다.

티아가 셋이서 도전하려고 한 난제를 모니카가 완수했다.

심지어 아주 간단히.

"음?"

클라우스가 이상하다는 표정을 지었다.

“너희, 협력한 게 아니었나?”

“아, 아니야. 모니카가 멋대로…….”

“그렇군. 납득했어.”

클라우스는 감개무량하다는 듯 고개를 끄덕였지만 티아는 이해할 수 없었다.

“모니카는 어떻게 시험을 통과한 거야……?”

“일상생활 중에 반드시 손이 무방비해질 때가 있지. 모니카는 그걸 놓치지 않았어.”

클라우스가 아쉽다는 얼굴로 말했다.

“손을 씻는 순간이야.”

그 말을 들어도 티아는 여전히 납득할 수 없었다.

클라우스에게 한 방 먹인다는 위업을 모니카가 달성했다. 그것만큼은 이해했지만.

“특별히 대단한 건 아니야.”

모니카는 손수건으로 손을 닦았다.

“거창한 계획 따위 없어도, 손 씻는 걸 방해하기만 하면 손은 충분히 만질 수 있잖아. 진짜로 어이가 없는 건 네가 최대의 기회를 놓쳤다는 거야.”

“무, 무슨 말이야…….”

“클라우스 씨는 손으로 동물을 만졌잖아. 그 직후에 사람은 반드시 손을 씻어.”

"아……."

"힌트도 줬을 텐데? 아지랑이 팰리스에 있는 수도 시설의 위치."

모니카는 득의양양하게 이야기했다.

그 말과 함께 지금껏 보고 들은 기억이 되살아났다.

"정원에 있는 수도 시설은 내가 사전에 망가뜨렸어. 부엌에는 에르나를 대기시키고, 화장실에는 아네트를 보냈지. 그리고 선생님은 여자가 쓰는 대욕탕에 다가가지 않으니까, 선생님이 손을 씻을 곳은 욕실의 세면대밖에 없잖아? 그래서 여기서 지키고 있었어."

기억이 플래시백했다.

티아가 정원을 걸을 때, 어째선지 모니카는 스패너를 쥐고 있었다. 에르나는 혼자서 요리 당번을 맡았고, 어째선지 화장실의 수도 시설이 망가져서 아네트가 수리 중이었다.

손 씻을 장소가 한정되어 있었다.

클라우스는 겨우 손 씻을 곳에 도착해서 그런지 비누로 꼼꼼히 손을 씻고 있었다. 당연한 행동이었다. 아까 그는 맨손으로 쥐를 만졌으니까.

"너한테는 말했잖아? 점심시간이 끝날 즈음에 동물을 업자에게 보내야 해. 미적거릴 시간이 없어서 포기하고 손을 내밀 수밖에 없었어."

클라우스에게 남은 선택지는 손을 쓰지 않고 소녀를 쫓아내거나 포기하거나.

시간 여유가 없는 그는 후자를 택한 모양이다.

모니카는 티아의 어깨를 친근하게 두드렸다.

"고마워. 너희가 좋은 양동 요소가 됐어."

"야, 양동……."

"릴리 방에 일부러 놔둔 메모, 좋은 격려가 됐지? 꼬맹이 둘을 돌봐 줘서 정말 고마워."

오두막에서 티아와 클라우스가 하는 이야기를 엿들었을 것이다. 그리고 티아를 움직여 자신이 마무리하는 계획을 짠 듯했다.

"너, 너 말이야! 그런 계획이 있으면 처음부터 말해!"

모니카의 손바닥 위에서 놀아난 것에 머리가 뜨거워졌다.

"뭐? 너는 나한테 고마워해야 할 입장일 텐데? 아니지, 사과가 먼저인가. 나보고 발목 잡지 말라고 한 거, 느끼는 바 없어?"

"~~~윽!"

말로 표현할 수 없는 비명을 지르고 말았다.

뭔가 이상하잖아, 하고 크게 외치고 싶어졌다. 하지만 어떻게 생각해도 모니카의 말은 정론이라 대꾸할 말이 나오지 않았다. 분하다고밖에 주장할 것이 없었다.

할 말을 필사적으로 찾고 있으니—.

"—극상이야."

만족스러워하는 클라우스의 목소리가 들렸다.

"너희는 그거면 돼."

짝짝 박수를 보냈다. 그에게는 만족스러운 결과였던 모양이다.

티아는 고개를 갸웃했다.

"이거면 된다고? 연계가 잘 된다고 보기는 힘든 것 같은데……."

"너희가 사이좋게 협력할 수 있으리라고는 조금도 기대하지 않아."

"너무하네…… 타당하지만!"

"그 능력은 여기 없는 네 사람이 훨씬 뛰어나."

틀림없는 사실이었다. 분명 릴리 일행은 넷이서 사이좋게 서로를 격려하며 열심히 임무를 수행하고 있을 터다. 부럽다. 그쪽에 끼고 싶었다.

"뛰어난 스파이일수록 고집이 세지. 티아에게는 말했지만, 동료와의 다름이야말로 팀의 열쇠야. 내가 너희에게 기대하는 건 서로의 자아를 드러내 맞부딪치는 연대야."

"다름……."

"동료를 자기편으로 만들어 달성을 꾀하는 티아. 협력을 쓸데없는 일이라고 결론짓고 효율적으로 동료를 이용하려고 하는 모니카. 둘 다 훌륭하고— 극상이야."

클라우스는 고개를 끄덕였다.

"너희는 대립하며 나아가도록. 이대로 『시체』에게 도전한다."

티아의 입에서 한숨이 흘러나왔다.

어쨌든 임무에는 참가할 수 있을 듯했다.

모니카가 으스대며 말했다.

"잘됐네. 내 덕에 참가하게 돼서."

"너 진짜……."

완전히 깔보고 있었다. 마치 자신 덕분에 성공했다는 것처럼. 아예 틀린 말은 아니라서 이를 악물 수밖에 없었다.

"티아 누님!"

그때, 복도에서 아네트가 얼굴을 내밀었다.

"우리 아까부터 클라우스 형님이 오기를 기다리고 있어요! 아직 멀었나요?"

까맣게 잊고 있었다.

아네트와 에르나를 대기시킨 채였다.

"미안. 이미 모니카가 시험을 통과해 버렸어."

"우우. 나님, 아쉬워요!"

아네트는 그다지 아쉬워하지 않는 얼굴로 웃었다.

"두 문손잡이 중에서 꽝을 잡아 돌리면 대폭발하는 장치였는데!"

"폭발을 좋아하는구나……."

위험하니 얼른 해제해 줬으면 좋겠다.

심지어 릴리의 방이다. 예전에 『홍로』가 사용했던 방에 무슨 일이 생기는 건 티아에게도 최악의 사태다.

"미안한데 당장 해제해 주지 않을래?"

"나님, 먼저 우유푸딩을 요구합니다!"

"음, 고집스럽네……. 하지만 해제가 우선이야. 잘못해서 폭발하면 어떡해?"

"이의 있습니다! 어지간히 운 나쁜 사람이 아니면 폭발하지 않아요!"

그런 문제가 아니지만, 아네트의 주장도 일리 있었다.

아네트의 기술은 완벽하다. 오작동이 일어난 적은 한 번도 없고, 문손잡이가 갑자기 둘로 늘어나면 누구든 수상하게 여길 것이다. 설령 문손잡이를 돌리더라도 2분의 1의 확률로 폭발은 피할 수 있다.

그래도 혹시 모르니 제거해야겠지만—.

"—음? 에르나는 어디 있지?"

클라우스가 의문스러워하며 말했다.

직후. 저택 전체가 흔들리는 진동이 일어났다.

"""""…………."""""

격렬한 폭발음이 울리며 복도 앞쪽에서 검은 연기가 흘러왔다.

티아는 황급히 창문을 열었다. 창문으로 얼굴을 내밀고 상황을 확인했는데, 다행히 불이 나진 않은 듯했다.

연기가 점차 옅어져 환기를 끝내고 다 같이 참상을 확인하러 갔다.

폭발이 일어난 곳은 릴리의 방인 것 같았다. 날아간 문 앞에 온몸이 새까매진 에르나가 누워 있었다.

"……불행."

일단 살아 있는 듯했다.

타고난 순발력으로 아슬아슬하게 살아남은 모양이다.

"……화장실 갔다가 돌아오니 문손잡이가 늘어나 있었어."

손잡이를 돌려 버렸나 보다. 심지어 꽝 손잡이를.

"덧붙여 말하자면…… 어째선지 화장실 세면대도 폭발했어……."

확실하게 2연속으로 당한 모양이다.

방을 들여다보니 릴리의 침실은 무참한 모습이 되어 있었다. 창문은 물론이고 외벽도 부서져서 바깥 풍경이 잘 보였다. 침대와 행거는 정원에 떨어져 있었다. 릴리가 지금껏 모은 독이 든 병은 전부 가루가 되어 바닥에 흩어져 있었다.

"어어, 이거 어쩌지……."

말문이 막혔다. 릴리의 물건이 말끔하게 날아갔다.

"내가 판단하기에."

모니카가 팔짱을 꼈다.

"불행 체질이면서 섣불리 건드린 에르나 잘못 아니야?"

"이런 무식한 양의 폭약을 설치한 아네트 잘못이야!"

"나님은 티아 누님의 지시에 따랐을 뿐이에요!"

"어, 어어?"

갑자기 시작된 책임 떠넘기기에 티아도 허둥지둥 부정했다.

"모니카가 처음부터 연대해 줬다면 막을 수 있는 사고였어!"

"나는 절대 잘못 없지 않아?"

모니카가 호통쳤다.

"발뺌하지 마. 선생님의 저 서글픈 눈을 좀 봐!"

티아는 말이 없는 클라우스를 가리켰다.

"애틋하게 여기던 여성의 방이 날아가서 절망한 표정을 짓고 있어!"

"……."

클라우스는 고요한 표정으로 서 있었다.

"걱정하지 마."

나직이 중얼거렸다.

"……간신히 안 울고 있어."

"전에 없이 큰 대미지를 받지 않았어?!"

평상시 클라우스라면 절대 내뱉지 않을 대사였다.

그리고 생각지 못한 비극에 마음이 아픈 것은 티아도 마찬가지였다.

'『홍로』 씨의 방이…….'

릴리에게 부탁해서 방을 교환할 예정이었는데 날아가 버렸다.

"……역시 하나 덧붙이지."

클라우스가 말했다.

"사이좋게 지내라고는 안 해……. 하지만 조금 더 잘 연대해 줘."

속으로 눈물을 흘리듯 뚝 떨어진 패기 없는 목소리였다.

막간 행방①

"—그런 일이 있었어."

클라우스는 이야기를 끝냈다.

그가 본 선발 멤버의 모습, 『시체』에 맞서는 훈련 상태, 그리고 릴리의 방이 폭파된 경위였다.

"""""…………."""""

이야기를 들은 네 사람은 뭐라고 코멘트하기 어려운 듯했다.

"뭐랄까, 굉장한 멤버네."

지비아가 머리를 긁적였다.

"유별나다고 할까……."

"개성적임다."

사라도 고개를 끄덕였다.

"아우르기 굉장히 힘들 듯한……."

"나도 그런대로 고생했어."

클라우스는 팔짱을 끼고 한숨을 쉬었다.

동료를 아우른 사람은 티아지만, 그녀도 빈번히 멘탈이 무너져서 케어할 필요가 있었다. 잔걱정은 수두룩했다.

"하지만 개개인의 능력은 높아. 임무 자체는 문제없이 달성했어."

"정말로 우수했다면 제 방은 폭파되지 않았겠지만요!"

릴리가 한바탕 아우성친 후, 헛기침을 했다.

"그 책임은 차차 추궁하기로 하고…… 역시 연락이 없는 이유는 불명이네요."

다른 소녀들도 고개를 끄덕였다.

그랬다. 이야기를 정리해도 실종의 힌트는 보이지 않았다.

―어째서 그녀들은 여전히 아지랑이 팰리스에 돌아오지 않는가.

―어째서 그녀들은 클라우스에게 연락하지 않는가.

의문은 많이 남아 있었다.

"찾으러 가자."

클라우스가 말했다.

"너희는 먼저 가. 나는 다른 임무를 끝내고 바로 달려가겠어."

소파에서 일어나 방으로 돌아가려고 했다. 이런 상황이어도 세상은 자신을 내버려 두지 않았다. 이 나라 최강의 스파이로서 큰 책무가 있었다.

"아뇨……."

하지만 클라우스를 붙잡는 소녀가 있었다.

"……일각을 다투는 사태일지도 모릅니다. 보스는 수색에 참가해 주세요."

그레테였다. 지극히 냉정한 목소리로 정숙하게 타일렀다.

클라우스는 고개를 가로저었다.

"나도 그러고 싶어. 하지만 임무에는 국민의 목숨이 걸려 있어. 뒤로 미룰 수는 없어."

"—임무는 제가 맡겠습니다. 보스는 다른 동료들 곁으로 가세요."

목소리는 강한 긍지로 가득 차 있었다.

지난번 임무를 혼자 힘으로 달성하며 자신감을 얻었나.

그래도 역시 그레테 한 명에게 맡길 수는 없지만—.

그레테의 뒤를 잇듯 지비아와 사라가 일어났다.

"나도 남겠어. 상처도 나았고. 당신은 얼른 동료들 곁으로 가."

"미, 미력하지만 선배들을 보조하겠습니다."

동료의 조력을 얻고 그레테가 옅게 미소 지었다.

"걱정하지 마세요. 보스가 없어도 『시체』의 제자를 제압한 멤버입니다. 위험하다고 느끼면 물러나겠습니다……."

"……믿음직스러워졌군."

한 달 전에는 불안하기만 했었다. 미숙한 그녀들에게 임무를 맡기다니.

하지만 지금은 바로 판단을 내릴 수 있었다.

"—극상이야. 알겠다. 임무는 너희에게 맡기지."

칭찬할 수밖에 없었다.

"네……. 예상대로입니다."

그레테가 자랑스러워하며 미소 지었다.

"아, 으음, 저는……."

동료의 결단에 릴리는 당황했다. 말을 잇지 못했다.

"릴리, 너는 따라와."

클라우스는 고했다.

“나와 네가 동료의 발자취를 쫓는다.”

“윽. 네!”

동료를 각별히 여기는 릴리는 지금 당장에라도 달려가고 싶을 것이다.

그렇다면 남기는 것보다 데려가는 편이 낫다.

“긴급 임무다. 동료를 찾아내고 살아서 돌아오자.”

그 말과 함께 클라우스와 릴리는 아지랑이 팰리스를 떠났다.

2장 재회

—클라우스와 릴리가 수색에 나서기 나흘 전.

티아는 수영복 차림으로 덱 체어에 누워 있었다. 천이 적은 아찔한 수영복을 몸에 두른 채 편안한 모습이었다.

해는 저물었고 보라색 조명이 옥외 수영장을 비추었다. 하지만 조명 빛은 너무 약해서, 옆에 우뚝 선 호텔의 빛을 그러모아도 어둑했다. 수중에도 조명이 있는지 수영장 표면은 적자색으로 반짝이며 배덕한 분위기를 풍겼다.

딘 공화국 남단에 위치한 환락 도시였다.

옛날에는 근처 산에서 금이 산출되었다고 한다. 많은 노동자가 돈을 벌러 모였고 철도망이 정비되었다. 금 채굴이 끝나자 유령 도시화를 피하기 위해 관광 시설 설립에 예산을 쏟아부었고, 지금은 국가를 대표하는 관광 명소가 되었다. 법률로 인가되지는 않았으나 각처에 카지노가 있어서, 오늘 밤도 부호들은 정신이 아득해지는 액수의 돈을 걸고 있을 터다.

세계 대전으로 중대한 피해를 입지도 않아서 이 도시의 빛은 꺼지지 않았다.

티아는 그 도시의 고급 호텔에 설비된 수영장에서 자유롭게 쉬고 있었다.

'일단 임무는 달성했으니까. 이 정도 사치는 부려야지.'

—『시체』 암살 임무를 달성한 후였다.

소녀들은 클라우스의 지시하에 암살자가 숨은 도시로 향했고, 훌륭하게 구속했다. 그 후 『시체』의 발자취를 밝혀내 협력자 등을 조사하고 지금에 이르렀다.

'솔직히 90% 이상 선생님이 소화했지만…….'

소녀들이 할 일은 얼마 없었다. 『시체』와의 싸움에 국민이 휘말리지 않도록 다른 사람의 접근을 막았을 뿐이다. 숨은 암살자를 발견하는 데는 공헌했지만, 포박은 클라우스가 했다.

'심지어 결국 우리 네 명은 전혀 연계가 안 됐고…….'

각자 역할은 다했으나 끝까지 따로 놀았다.

클라우스가 하나하나 지시를 내려서 어떻게든 달성한 꼴이었다.

싫은 기억을 머릿속에서 몰아내듯 티아가 몸을 일으켰을 때, 옆에 사람 그림자가 나타났다.

"야, 여기 뭐야?"

모니카였다. 일단 수영복은 입었지만 위에 재킷을 걸쳤다. 불쾌함을 숨기지 않는 표정으로 수영장을 노려보고 있었다.

"왜 밖에 난방이 있는 거야. 밤인데 수영장? 이 천박한 조명은 또 뭐야?"

"고급 호텔인걸. 처음 와 봐?"

"이딴 곳, 보통은 안 와."

"후후, 임무를 달성했잖아. 나 자신에게 상을 주지 않으면 못 해 먹을 짓이야."

"너는 본인에게도 무르구나."

엄격한 말을 뱉었지만 스파이의 성공 보수는 윤택했고 개인이 자유롭게 쓸 수 있었다.

'정말로…… 모니카와는 내내 싸우기만 했네.'

흘겨보았지만 모니카에게 무시당했다.

모니카는 덱 체어에 앉아 독서를 시작했다. 의외로 연애 소설이었다. 하지만 광량이 부족한지 눈썹을 찌푸렸다.

"진짜…… 클라우스 씨의 명령이 없다면 나는 따로 행동할 텐데."

"나는 그래도 상관없지만."

당연히 모니카와 티아는 사이좋게 휴가를 보내는 사이가 아니었다.

그녀들이 똑같은 호텔에 묵는 데는 이유가 있었다.

"—그럼 저 애들은 누가 돌봐?"

티아는 다시금 수영장으로 시선을 돌렸다.

"나님 특제 스페셜 물총이에요!"

"엇?!"

그곳에는 거대한 물총을 든 아네트와 필사적으로 도망치는 에르나가 있었다.

사랑스러운 두 소녀가 수영장에서 놀고 있다—고 표현하기에는 과격한 광경이었다.

"에너지 장전!"

아네트가 물총에 달린 핸들을 돌리자 물총이 수영장의 물을 빨아들였고 「나님, 발사합니다!」라는 말과 함께 투쾅 하는 엄청난 소리를 내며 물 덩어리가 에르나의 얼굴로 날아갔다.

"……괜찮은 건가? 에르나, 물에 빠지지 않을까?"

"걱정되면 도와주지 그래?"

"도와주러 가면 어떻게 될 것 같아?"

"저 망할 꼬맹이의 표적이 너로 바뀌겠지."

"……사양할래."

"나도."

웬일로 의견이 일치했다.

에르나에게는 미안하지만 아네트의 놀이 상대 역할을 맡겼다.

전원 같은 호텔에 묵으라는 클라우스의 지시가 있었다. 에르나와 아네트에게는 감시가 필요했다. 그녀들을 풀어 두면 무슨 말썽을 일으킬지 모른다.

시선 끝에서 에르나가 「불행……」 하고 중얼거리며 물을 맞았다.

"너도 눈치채고 있겠지만."

모니카가 말했다.

"아네트의 기술은 우리나라의 기술 수준이 아니지?"

"그래, 아마도."

"저 녀석은 어디서 왔을까……."

출신 불명의 기억 상실 소녀—.

대답을 듣고 싶어서 한 말은 아닌지 모니카는 책으로 시선을 떨어뜨리고 독서를 재개했다.

"……모처럼 이런 호텔에 왔으니 수영하고 오는 게 어때? 책은 언제든 읽을 수 있잖아."

"그거, 세상의 독서가들을 적으로 돌리는 말이야. 여행지에서 읽는 즐거움을 부정하고 있어."

"사흘 후에는 돌아가야 하는데……. 에르나랑 아네트가 잠들면 카지노에 가자. 우리가 한 팀이 되면 무적이지 않을까?"

"나 혼자서 이미 무적인데?"

모니카의 태도는 역시 냉담했다.

임무를 달성하고 나서도 전혀 사이좋게 지낼 마음이 없었다.

"쌀쌀맞아! 모처럼 내 쪽에서 먼저 친해져 보려고 했더니!"

"자신이 양보하고 있다는 그 태도가 마음에 안 드는 거야."

"윽. 역시 너랑은 한 번 결판을 내는 편이 좋겠어. 이건 결투라고 할 수 있을까?"

"어~이, 아네트. 이 망할 색녀한테도 물총 쏴 줘."

"그 수법은 비겁해!"

신변에 닥친 위기를 느끼고 티아가 외쳤을 때—.

"——!"

여성의 목소리가 들렸다. 누군가를 부르고 있었다. 고급 호텔이라 자신들 말고도 많은 숙박객이 있는 듯했다.

"꺄?"

아네트의 비명이 들렸다.

티아가 얼굴을 들자 아네트에게 달려든 한 여성이 보였다. 옷을 입은 채로 수영장에 들어와 아네트를 정면에서 끌어안고 있었다.

티아는 즉시 움직였다. 예삿일이 아니었다.

황급히 풀 사이드로 다가가 여성을 내려다보듯 서서 날카로운 시선을 보냈다.

"당신, 누구야……?"

몸집이 작고 눈매가 또렷한 여성이었다. 나이는 서른 중반이리라. 긴 머리는 푸석푸석하고 피부가 창백해서 건강하지 않은 느낌을 풍겼다. 물에 젖은 쥐색 블라우스가 몸을 휘감아 더욱 볼품없는 이미지를 강조했다.

"어, 어어……."

여성은 아네트를 품에서 놓지 않고 말했다.

"……이 아이의 엄마입니다."

전혀 예상하지 못한 말에 그 자리에 있던 모두가 눈을 동그랗게 떴다.

기적이라고 표현할 수밖에 없는 재회. 클라우스도 예기치 못한 기구한 운명.

그리고 붕괴의 시작이었다.

달려오는 클라우스를 기다리지 않고 팀은 붕괴되기 시작한다—.

막간 행방②

클라우스와 릴리는 기차의 별실 좌석에 탔다.

실종된 소녀들이 방문한 관광지는 파악하고 있었다. 딘 공화국 남단에 위치한 환락 도시. 전쟁 피해를 입지 않아 지금도 계속해서 호텔을 짓고 있는 땅이었다. 불법 카지노가 만연했고, 그것을 관리하는 갱단도 존재했다.

뒤숭숭한 곳이지만 건전하게 즐긴다면 위험은 없었다. 외국에서도 관광객이 많이 찾아왔다.

한 역에 섰을 때, 클라우스는 일단 기차에서 내려 매점에 들렀다. 담배와 신문을 구입했다. 다시 좌석으로 돌아오자 릴리가 의외라는 얼굴로 물었다.

"선생님, 담배 피웠던가요?"

"아니, 위쪽에 문의한 게 있었어. 이 역이 교환 장소였어."

포장을 뜯으니 보고서가 들어 있었다. 훑어보고 릴리에게 내밀었다.

"너도 읽어 둬. 우리가 방문할 도시의 정세야."

"알겠습니다…… 응? 선생님, 옥수수 수프 레시피가 적혀 있는데요……."

"암호문이야. 어쩔 수 없군. 내가 읽어 주지."

클라우스는 머릿속에 주입한 문장을 암송했다.

"—닷새 전, 스파이 간의 항쟁이 있었어. 라일라트 왕국과 가르가드 제국의 싸움이었고 우리나라는 직접적으로 관여하지 않았지. 해외 시찰 중인 라일라트 왕국의 정치가와 관련된 문제로 보여."

릴리가 「그 정치가, 해외 시찰이란 명목으로 환락가에서 놀고 있지 않았나요?」 하고 말했다.

클라우스는 「그 빈틈을 제국이 노린 거겠지」 하고 대답했다.

"—항쟁을 눈치챈 지방 경찰이 육군에 통보했다. 우리나라에 숨어든 스파이를 잡기 위해 육군이 일대를 봉쇄하고 엄중히 경계 중이야. 라일라트 왕국 스파이의 시신은 발견했지만 제국 스파이의 행방은 불명. 여전히 도주 중."

이야기를 끝내자 릴리가 눈을 동그랗게 떴다.

"즉, 티아랑 다른 애들은 일촉즉발의 위험한 곳에 있는 건가요?"

"그렇게 되지. 경솔했어."

클라우스는 작게 한숨을 쉬고 보고서에 미네랄워터를 부었다.

보고서는 물에 녹아 순식간에 사라졌다.

"육군이 일부러 보고를 늦춘 모양이야. 공을 세우고 싶어서 그랬겠지."

그 결과, 스파이 간의 항쟁은 클라우스의 귀에 들어오지 않았다.

사전에 알았다면 다른 관광지에 가라고 지시했을 것이다.

릴리는 납득할 수 없는지 고개를 갸웃했다.

"으음, 애당초 의문인데요……."

"뭐가?"

"왜 군대와 대외정보실(우리)은 사이가 나쁜가요? 같은 나라의 동료잖아요. 저번에 바이러스 병기가 유출된 원인도 육군이 비밀리에 제작했기 때문인 것 같은데……."

릴리가 있던 양성 기관에서는 복잡하게 얽힌 이야기를 듣지 못했나 보다.

어차피 목적지에 도착할 때까지 할 일도 없다. 해설해 두자.

"성립 배경 때문이야. 세계 대전 이전에 첩보 기관이라고 하면 육군 정보부와 해군 정보부였어. 특성상 육군은 자국에 숨어든 적국 스파이의 정보를, 해군은 외국의 정보를 모으는 경향이 있었는데, 서로 정보를 감추려고 해서 첩보 기관으로서는 수준이 낮은 존재였어."

"지금도 똑같네요……."

"그래서 두 정보부를 포괄하는 첩보 기관이 신설됐지. 그게 대외정보실이야."

릴리는 「오」 하고 즐겁게 맞장구쳤다.

"뭔가 멋있네요. 합체! 같아서."

"맞아. 두 첩보 기관의 우수한 인재가 모였다고 해."

"흥흥."

"즉, 소수 정예 엘리트 집단. 그래서 군인에게 미움받고 있어."

"예……?"

릴리의 얼굴이 경직됐다.

"그게 다예요?!"

"그게 다야."

"어, 어린애도 아니고……."

"덧붙이자면 규모가 전혀 다르니까. 수십만의 군에 비해 대외정보실의 구성원은 기껏해야 수천. 육군과 해군에서 모이는 방대한 정보를 대외정보실이 비밀리에 조사하지. 군인을 심부름꾼처럼 다루는 측면도 없지는 않아."

자세하게 비교하면 급료도 대외정보실 쪽이 높았다. 군인은 건강한 성인이라면 누구든 될 수 있지만 스파이는 스카우트로 선발되니 아무래도 차이가 났다. 대립하는 요인 중 하나였다.

"하지만 그건 적반하장이잖아요! 우우! 왠지 화가 나기 시작했어요!"

릴리가 파르르 몸을 떨었다.

참을 수 없었는지 주먹을 치켜들었다.

"우리의 성과를 대대적으로 퍼뜨려요! 스파이야말로 육군이 유출시킨 생물 병기를 되찾은 멋진, 아파아아아!"

"국가의 기밀 정보를 함부로 떠들지 마."

릴리의 정강이를 구둣발로 걷어차 헛소리하는 입을 다물게 했다.

바이러스 병기를 개발했다는 사실이 퍼지면 국제적으로 비난받을 수도 있다. 그래서 이 소동을 아는 인간은 육군 내에서도 일부뿐이었다.

"일단 두둔해 두자면, 육군을 싫어해도 되지만 너무 얕보지 않는 게 좋아."

"아, 싫어하는 건 괜찮군요……."

"인적 자원과 조직력. 그건 육군이 월등히 뛰어나니까."

그들의 진가는 물량이다.

뛰어난 스파이도 해내지 못할 일을 인력으로 실현시킨다.

"이번처럼 도시 일대를 봉쇄하는 일은 군인만 할 수 있어. 포위당한 스파이는 상당히 궁지에 몰려 있겠지. 자포자기하여 폭주할지도 몰라."

"폭주요?"

"궁지에 몰린 스파이가 모 아니면 도라는 심정으로 살육을 시작하는 일이 간혹 있어."

릴리의 얼굴이 파래졌다.

클라우스는 고개를 끄덕였다. 그만큼 물량으로 밀어붙이는 육군은 뛰어나다는 뜻이다.

"거기에 녀석들이 말려들지 않기를 기도할 수밖에 없지."

기차가 움직이며 속도를 높였다.

차창 밖 풍경을 확인했다. 역을 출발하고 얼마 지나지 않아 드넓은 바다가 보이기 시작했다. 활처럼 굽은 해안 끝에 호텔들이 보였다.

"다만…… 솔직히 이런 국내 사건에 쩔쩔매고 있을 때가 아니긴 해."

동료가 휘말렸다면 얘기가 다르다. 하지만 울분이 치밀었다.

뇌리에 있는 것은— 제국의 정체불명 조직 『뱀』.

빨리 조사하고 싶다. 개인적인 사정을 제쳐 놓더라도, 딘 공화국의 중요 사항이었다.

이런 트러블을 일으킨 흑막에게는 따끔한 맛을 보여 줘야 한다.

3장 모녀

베란다로 나가니 바다에서 불어오는 바람이 달아오른 몸을 어루만졌다.

네글리제 자락이 흔들렸다.

티아는 룸서비스로 받은 아이스티를 마셨다. 입에 착 감기는 다르질링 티는 체온을 식힐 뿐만 아니라 마음을 안정시켰다.

눈앞에는 야경이 펼쳐져 있었다. 호텔들의 조명이 점멸하는 것이 하나의 거대한 생물 같았다. 딘 공화국에서 이토록 호화로운 광경을 볼 수 있는 곳은 여기뿐이리라.

베란다에서는 모니카가 북 라이트를 옆에 놓고 독서 중이었다. 열 권은 넘어 보이는 책이 옆에 쌓여 있었다. 이 휴가를 이용해 단숨에 읽을 생각인 듯했다. 전부 연애 소설. 젊은 남녀가 만나 사랑에 빠지는 보편적인 스토리였다.

"단순한 지적 호기심이야. 남녀의 연애에 관심이 있는 건 아니야."

티아가 말을 걸기도 전에 모니카가 못을 박았다.

"뭐야, 아무 말도 안 했잖아."

"눈으로 말했어."

"뭐, 그렇게 생각한 건 인정하지만."

"그보다도."

모니카는 책에서 눈을 떼지 않았다.

"네글리제 차림으로 베란다에 오지 마."

"어머, 아무도 안 봐."

"내가 있잖아."

"후후, 나는 알몸이어도 상관없는데?"

"……난 진짜 네가 싫어."

티아는 농담이라며 얼버무리고 모니카 옆에 있는 의자에 앉았다.

모니카는 귀찮다는 듯 책을 덮었다.

"뭔데? 마틸다 씨에 관해 상담하러 왔어?"

"……에르나랑 아네트는 이미 잠들었어. 너의 본심을 듣고 싶어."

"무시하면 되겠지. 어차피 아네트는 아무것도 기억 못 하고."

모니카는 비난 어린 시선으로 바라보았다.

"그런데— 어째서 너는 그런 약속을 하는 걸까?"

역시 모니카는 반대하는 모양이다.

티아가 아네트의 엄마와 맺은 약속을—.

◇◇◇

마틸다, 라고 그 여성은 이름을 밝혔다.

이웃 나라인 라일라트 왕국의 기술자라고 했다. 명함에 적힌 바로는 중기계 메이커의 종업원. 티아도 들어 본 적이 있는 대기업이었다. 역사는 짧지만, 질 좋은 산업 기계를 세계에 팔고 있었다.

AS도 훌륭해서, 기계가 고장 나면 본국에서 기술자를 파견했다.

마틸다도 그중 한 명이었다. 호텔의 분수 시스템이 망가져서 그녀가 달려왔다고 했다. 아무래도 그녀는 여러 번 딘 공화국을 방문한 것 같았다.

"4년 전에 이 아이와 공화국에 왔다가 철도 사고에 휘말렸어요. 저는 병원으로 이송되었지만 이 아이만은 못 찾고 행방불명되어서……."

티아 일행은 수영장 옆 테이블에서 마틸다의 이야기를 듣고 있었다. 마틸다는 아네트의 목덜미에 있는 점까지 알고 있었다. 듣고 보니 생김새도 닮았다. 엄마가 틀림없을 것이다.

아무래도 기적적인 재회가 이루어진 것 같지만, 티아의 가슴속은 복잡했다.

"설마 살아 있었을 줄이야. 이 아이의 진짜 이름은—."

마틸다는 티아가 모르는 이름을 말했다. 그것이 아네트의 실명인가.

장본인인 아네트는 고개를 갸웃했다.

"그거 누구예요? 나님, 잘 모르겠어요."

"뭐……?"

충격받은 것처럼 마틸다가 눈을 동그랗게 떴다.

"아네트."

티아는 말했다.

"에르나랑 놀고 와."

"나님, 알겠습니다!"

아네트는 에르나의 목에 팔을 두르고 생글생글 웃으며 「에르나,

물총으로 놀아요!」 하고 수영장으로 끌고 들어갔다. 그 즐거운 표정과는 대조적으로 에르나는 절망한 눈으로 「싫어. 도와줘……」라고 호소했으나, 미안하지만 무시했다.

본인이 사라지자 티아는 말을 꺼냈다.

"으음, 짧게 말씀드리자면 저 아이는 기억을 잃었어요."

거짓말을 섞어 간단히 설명했다.

—원인은 불명이지만 아네트는 4년 전에 기억을 잃었다. 출신을 알 수 없는 여자아이를 국가가 보호하고 『아네트』라는 이름을 줬다. 그리고 어떤 기숙사제 종교 학교에 맡겨졌다. 자신들은 그 친구로, 지금은 휴가를 만끽 중이다.

그렇게 시치미를 뗐다.

"안타깝지만 아네트는 엄마도 기억하지 못해요."

"그럴 수가……."

마틸다가 양손으로 입을 가렸다.

"저희도 『네, 그렇군요』 하면서 아네트를 넘길 수는 없어요. 실례지만 그쪽이 엄마라는 확실한 증거도 없고, 학교에도 상담해야 해요."

마침내 상황을 이해했는지 마틸다는 고개를 숙였다.

"……즉, 제 딸은 철도 사고로 기억을 잃고 이미 다른 인생을 손에 넣은 거군요."

무슨 말을 건네면 좋을지 알 수 없었다.

법률상, 마틸다와 아네트의 혈연관계가 증명되면 당연히 딘 공화국은 아네트를 넘겨야 한다. 하지만 그건 어디까지나 법률상의 이야기다.

존중되어야 할 것은 본인의 뜻이리라.

"……살아서 재회한 것만으로도 신께 감사드려야겠죠."

마틸다가 빙그레 미소 지었다.

"저 아이가 건강해 보여서 다행이에요. 일단은 그게 무척 기뻐요."

마틸다는 수영장에서 노는 아네트를 눈부시다는 듯 보았다. 옆에서 울상이 된 불행한 금발 소녀는 시야에 들어오지 않는 것 같았다.

다행히 모친의 권리를 주장하며 강제로 아네트를 데려갈 것 같지는 않았다.

일인칭이 『나님』인 딸과는 대조적이었다. 매우 저자세였다.

티아는 말했다.

"아네트는 옛날부터 자유분방했나요?"

"네. 자주 제 일터에 숨어들어서 기계를 만졌어요. 아무것도 가르치지 않았는데 빠르게 배웠죠. 당시에는 조금 귀찮았지만, 지금 생각하면 멋진 추억이에요."

"과연. 거기서 기술을 배운 거군요……."

납득이 갔다. 역시 아네트는 국외에서 기술을 터득했나.

"티아."

모니카가 끼어들었다.

"슬슬 돌아가야 해. 수영장도 닫을 시간이야."

거짓말이었다. 폐관까지 두 시간 이상 남았을 터다.

하지만 모니카는 엄격한 시선을 보내고 있었다. 얼른 끝내고 싶은 듯했다.

티아는 마틸다에게 연락처 교환을 제안했다. 마틸다는 처음에 「그다지 좋은 호텔이 아니라서……」 하고 망설였지만, 어쨌든 밝혔다. 티아 일행이 묵는 호텔과는 숙박료가 한 단위 이상 차이 나는 저렴한 시설이었다. 그걸 창피하게 느꼈나.

"저기!"

떠날 때, 마틸다는 티아의 손을 잡았다.

"제 욕심이라는 건 알지만 부탁드릴게요. 내일 밤, 딸과 식사해도 될까요?"

"예? 내일……?"

"4년간 떨어져 지낸 시간을 조금이라도 메꾸고 싶어요. 안 될까요?"

감싸듯 손을 잡았다. 놓치지 않겠다는 강한 압력이 느껴졌다.

엄마의 애정일까.

옆에서 노려보는 모니카가 신경 쓰이지만—.

"……네. 알겠습니다. 레스토랑을 예약해 둘게요."

역시 고개를 끄덕일 수밖에 없었다.

"감사합니다!"

마틸다가 깊이 고개를 숙이고서 티아의 손을 붕붕 흔들었다.

모니카가 혀를 차는 소리가 들렸다.

◇◇◇

회상하고서 티아는 크게 한숨을 쉬었다.

"아니, 역시 거절할 수 없잖아? 감동적인 재회에 찬물을 끼얹을 수는 없어."

"아네트한테는 감동이고 뭐고 전혀 없잖아."

"그럼 뭐라고 대답해야 했는데?"

조금 생각하는 모습을 보인 후, 모니카가 입을 열었다.

"—사람 잘못 봤습니다. 계속 따라다니면 신고하겠습니다."

"너무 매정하잖아!"

"—이 아이는 제가 낳았습니다. 당신 애일 리가 없습니다."

"어머, 급전개."

"—당신 같은 사람 자주 봐요. 생이별한 엄마인 척 우리 무대 아역에게 접근하는 팬."

"이 이상 아네트에게 이상한 설정을 덧붙이지 마."

"어쨌든 너는 거절해야 했어."

모니카는 알 수 없는 촌극을 그만두고 어깨를 으쓱였다.

"상대는 아네트를 돌려받고 싶어 하잖아? 그에 대한 위기감은 가지고 있어?"

티아는 무심코 뒤돌아보았다.

침대에서 아네트가 정신없이 자고 있었다. 거꾸로 매달린 수면 스타일은 그만뒀지만 험한 잠버릇은 건재했다. 옆 침대까지 다리를 뻗어 에르나의 얼굴을 걷어차고 있었다.

“저 녀석보고—『등불』을 그만두라고 할 거야?”

“……”

그 가능성은 생각했다.

만약 마틸다가 아네트를 데리고 귀국한다면 더는 『등불』에 있을 수 없다. 아네트는 스파이 세계에서 벗어나 타국에서 무탈한 인생을 보낼 터다.

“뭐, 그 선택은 논외지.”

모니카는 의기양양하게 웃었다.

“팀에는 저 녀석이 필요해. 나는 일단 높이 평가하고 있어.”

모니카가 품에서 뭔가를 꺼냈다. 형태도 오염도 완전히 똑같은 갈색 장지갑이었다.

“—완벽한 모조품.”

그 장지갑을 털자 안에서 작은 공 세 개가 떨어졌다.

“내 지갑을 한 번 보고 만들어 줬어. 생김새는 기제품과 완벽하게 같아. 하지만 세공이 되어 있어서 가볍게 털면 이 고무공이 배출돼. 쇠공을 고무로 코팅한 투척 무기야. 이 무기 세 개를 나는 평범한 지갑으로서 자유자재로 들고 다닐 수 있어.”

그건 기술자인 마틸다에게 물려받은 스킬일까.

아니, 설령 기술이 있더라도 이토록 뛰어난 복제품을 만들 수 있을까..

“기억력이 무시무시한 거겠지.”

"기억력 좋은 기억상실증 환자라니 되게 얄궂지만 말이야. 순식간에 물건을 기억하고 똑같이 생긴 무기를 만들 수 있어. —상당히 강력한 스킬이야."

모니카의 의견에는 티아도 동감이었다.

아네트는『등불』에 없어서는 안 될 존재다. 잃을 수는 없다.

"참고로 본인은 뭐래?"

"어느 쪽이든 상관없대."

최대한 공평하게 아네트에게는 정보를 전했다.

아네트의 반응은 시큰둥했다. 엄마에게 조금도 관심을 보이지 않았다.

아네트에게 마틸다는 생소한 타인— 그런 태도였다.

"그럼 결정됐네."

모니카가 손뼉을 쳤다.

"약속 따위 깨 버려. 아네트가 괜한 마음먹기 전에 냉큼 달아나서—."

"—하지만 나는 아네트의 인생에 나쁘지 않은 기회라고 생각해."

"뭐?"

"내일 한 번 더 마틸다 씨와 아네트를 만나게 할 거야. 약속은 지켜."

직후, 모니카는 흥이 깨진 표정을 지었다.

어이없음과 비웃음이 블렌딩된 눈빛을 보냈다.

"왜? 어차피 아네트랑 엄마는 헤어질 거야. 정들게 해서 어쩌려고?"

"……."

"아니면, 진심으로 아네트를 넘길 셈이야?"

아니라고 티아는 부정했다.

우유부단하다는 자각은 있다. 하지만 모녀를 떼어 놓는 선택이 옳다는 생각도 들지 않았다.

"텅 비어 있었어."

"뭐가?"

"아네트의 마음을 들여다봤을 때, 그렇게 느꼈어. 아무것도 없었어. 스파이로 활동하는 동기도, 『등불』에 남을 동기도 없었어. 그 아이에게는 유쾌한가 불쾌한가 둘 중 하나뿐이야."

그 섬뜩함은 아네트의 마음을 본 티아만이 알 수 있는 감각이리라.

—키를 키우고 싶다.

아네트의 마음에 있던 것은 그런 천진난만한 욕망뿐이었다.

"매우 비틀렸어. 우리가 수행하는 건 목숨을 건 임무야. 기억도 없고 사명감도 없는 소녀가 호기심이 이끄는 대로 임무에 몸을 던지다니. 나는 아네트가…… 이걸 뭐라고 하면 좋을까. 좀 더 근원적인 것을 가졌으면 좋겠어."

재결성했을 때나 『화염』의 무덤 앞에서 아네트가 나님은 모두랑 함께하고 싶다고 말했던 것이 떠올랐다. 이 얼마나 애매하고 위험한 대답인가.

"정말로 너랑은 의견이 안 맞네."

모니카는 냉혹하게 내뱉었다.

"동료의 사정 따위 관심 없어. 팀의 이익을 우선하자."

개개인의 감정보다 조직이 우선이라는 입장인가.

틀렸다고 생각하지는 않는다. 오히려 모니카답다며 감탄했다.

"물론 너한테 협력하라고는 안 해. 그냥 조용히 지켜봐 줘."

"지켜보라고……."

"위선적인 이유가 싫다면 말을 바꿀게. 아네트가 스파이 활동에 적극적으로 임할 동기를 찾는다면 그건 『등불』에 큰 이점이 되지 않을까?"

지금의 아네트는 종잡을 수가 없어서 통제가 불가능했다.

"……."

모니카는 입을 다물었다.

베란다에서 야경을 바라보며 나직이 말했다.

"……뭐, 마음대로 해. 그 녀석의 자유분방함이 좀 나아진다면 아무 말 안 하겠어."

"고마워."

소극적이긴 하지만 승인을 얻은 듯했다. 안도했다.

그러자 모니카는 손가락을 두 개 세웠다.

"단, 조건을 두 개 제시해도 될까?"

"그래, 뭔데?"

"내일 저녁 식사 자리에 나도 가겠어. 네가 이상한 마음을 먹고 아네트를 넘기지 않도록 감시해야지."

"상관없어. 다른 하나는?"

"엄밀히 말하면 조건이라기보다 부탁인데."

모니카는 귀찮다는 듯 실내에 있는 동료를 엄지로 가리켰다.
"저 녀석들과 같이 가서 내가 창피하지 않게 해 줘."

◇◇◇

"으아아아아아! 도망치지 마! 이거 내가 고른 거거든?!"
"나님! 어린애 같은 옷은 싫습니다!"
"시끄러워! 네 취향 따위 안 물어봤어!"
도망치려고 하는 아네트를 모니카가 강제로 제압했다.
스위트룸 안에서 모니카가 종횡무진 날뛰고 있었다. 이른 아침부터 양복점에 드레스 일습을 가져오라고 하더니 즉각 선별하여 아네트에게 입히려고 했다.
틀림없이 아네트에게 어울리는 드레스이기는 했다. 하지만 프릴이 많이 달린 파스텔색 드레스는 본인의 취향과 맞지 않는 모양이었다. 드물게도 아네트가 저항했다.
"나님은 레이디라서 더 근사한 옷이 좋아요!"
그렇게 주장했으나 모니카는 가차 없었다. 침대 위에 깔아 눕혀 파자마를 벗기고 억지로 드레스를 입혔다.
조금 가여워져서 티아가 말했다.
"저기, 모니카…… 본인 마음에 드는 옷을 입혀도 되지 않아……?"
"기발한 센스를 발휘할 테니 안 돼."
모니카는 단호하게 부정했다.

"아네트가 끔찍한 차림새로 나가면 친구인 우리까지 낮잡아 볼 거 아니야?"

"자, 자존심 문제……?"

"아, 쫌! 네가 저항해서 시간을 2분 낭비했어. 얌전히 굴어."

모니카는 귀기가 감도는 표정으로 아네트에게 드레스를 입혀 나갔다. 아네트는 발을 버둥거리며 「나님, 간지러워요」 하고 아우성쳤다. 싫어하는 것인지 즐거워하는 것인지 모르겠다.

그 싸움에 에르나가 겁을 먹었다. 검은색을 기조로 한 드레스를 입고 안절부절못했다. 인정사정없는 모니카의 태도가 무서운지 방구석으로 갔다.

"에, 에르나는…… 아침 준비할게. 어제 산 빵이랑 잼이 있어……."

"넌 움직이지 마."

"잼이 옷에 튀었어!"

"복선 회수 엄청나게 빠르네!"

짜증스럽게 외치고서 모니카는 혀를 찼다.

"티아, 에르나의 옷을 닦아 와. 5분 내로 부탁해."

"……예예."

모니카는 아침부터 내내 이런 느낌이었다.

다른 동료에게 분 단위로 세세하게 지시를 내렸다. 때로는 엄격하게 질책하며.

—우리가 상대를 가늠한다는 건 상대도 우리를 가늠한다는 거야.

그렇게 말하고서 멤버 전원을 새벽 다섯 시에 깨우더니 일류 레스토랑에 가기 부끄럽지 않을 드레스와 테이블 매너를 철저히 갖추게 했다.

티아는 에르나의 옷을 닦으며 한숨을 쉬었다.

"너, 도저히 양성 기관에 녹아들지 못했을 것 같아."

"몇 번을 말해? 나는 일부러 건성으로 지낸 거라니까."

그 점만큼은 결코 양보하지 않을 건가 보다.

결국 준비에는 꼬박 하루가 걸렸다.

호텔 현관에서 택시를 기다릴 즈음엔 이미 해가 저물고 있었다.

"자, 가자. 도중에 옷이 더러워지지 않게 조심해. 특히 에르나."

"……석양이 눈부셔."

택시 정류소에서 에르나가 눈을 가늘게 떴다.

"—피할래!"

"너는! 왜 물웅덩이로 돌격하려는 거야?!"

모니카가 에르나의 목덜미를 잡아 택시에 던져 넣었다.

난리를 친 끝에 티아 일행은 레스토랑으로 이동했다.

예약한 레스토랑은 해안가에 있었다. 바다가 보이는 면 전체가 유리로 되어 있어서 저무는 석양이 잘 보였다. 인테리어와 식탁보가 하얘 눈이 부셨다. 티아가 가이드맵을 노려보며 엄선한 고급 레스토랑이었다.

대기석에서 마틸다가 무료하게 기다리고 있었다. 어제와 똑같은 캐주얼한 블라우스를 입고서 「앗, 안녕하세요」라며 고개를 숙였다.

티아는 고아하게 미소 지으며 홀 쪽으로 향했다.

"아네트랑 마틸다 씨는 저쪽 테이블로."

사전에 가게에 전화하여 테이블은 두 개 준비해 달라고 했다.

마틸다가 어깨를 굳혔다.

"엇, 티아 씨는 다른 테이블인가요……?"

"응? 모녀끼리 오붓하게 보내는 게 좋을 것 같다고 생각했는데요."

"그, 그것도 그러네요. 힘내겠습니다."

어째선지 긴장하고 있었다.

마틸다와 아네트를 위한 저녁 식사였다. 자신들이 바로 옆에 있으면 귀찮으리라고 판단했다.

티아, 모니카, 에르나가 한 테이블에 앉았다.

"볼만하겠어. 한쪽이 기억 상실이라고는 하지만 친모녀잖아? 저 아네트랑 무슨 대화를 하는지 공부하기로 할까."

"그러게. 잘 대화했으면 좋겠는데."

그녀들의 테이블과 조금 떨어진 곳에 마틸다와 아네트의 테이블이 있었다.

모니카의 고집으로 아네트는 머리를 풀고 있었다. 평소에는 난잡하게 묶였던 머리카락이 차분하게 빗질되어 아네트의 사랑스러움을 더욱 부각했다. 훌륭하리만큼 미소녀였다. 입 다물고 있으면. 미동조차 하지 않는다면.

그 헤어나 드레스를 칭찬하는 것이 대화의 첫 단추가 되겠지만—.

"…………."

"…………."

무시무시하게 긴 침묵이 시작됐다.

마틸다는 가만히 손을 움켜쥐고 아네트를 바라보고 있었다.

아네트는 얄팍한 미소를 짓고서 멍하니 있었다.

"…………."

"…………."

재차 긴 침묵 후, 마틸다가 대화의 물꼬를 텄다.

"저기…… 아네트? 라고 지금은 불리고 있는 거지?"

"네!"

"건강히 지내고 있니? 어디 다쳤다거나 아프진 않고?"

"나님은 건강해요!"

"다행이다. 나는 어젯밤부터 줄곧 너를 걱정했어. 4년 만에 만났으니까. 아픈 곳은 없는지 걱정되더라."

"그거라면 나님도 똑같아요!"

"아, 날 걱정해 줬니? 기쁘—."

"나님도 나님의 몸 상태를 걱정했어요!"

"…………."

"…………."

"……………………."

"……………………."

모니카가 작은 목소리로 「응? 방금 대화 뭐야?」라며 고개를 갸웃했다.

에르나가 「긴장한 거야. 에르나도 이해해」라고 중얼거렸고, 티아는「하지만 슬슬 화목한 이야기를 시작하지 않을까」하고 격려했다.

그 후 전채 요리와 수프가 나왔지만 화기애애한 대화는 이루어지지 않았다.

마틸다는 말없이 음식만 먹을 뿐 감상 한마디 내뱉지 않았다. 아네트는 모니카가 가르친 테이블 매너를 무시하고서 그릇을 들고 수프를 마셨으나 모친은 지적하지도 않았다.

생선 요리가 나왔을 때, 이번에는 아네트가 입을 열었다.

"나님, 이 생선 싫어요!"

"……어? 왜?"

"눈알이 반항적이에요."

"하지만 예전에는 잘 먹었어. 토마토소스에 끓여서 조개랑 같이—."

"나님, 기억 안 나요!"

"아아, 응……. 하지만 만약 못 먹겠으면 남겨도 돼."

"생긴 게 싫을 뿐, 나님, 맛있게 먹을 수 있는데요?"

"…………."

"…………."

"……………………."

"……………………."

에르나가 중얼거렸다.

"무서우리만큼 대화가 맞물리지 않아."

모니카도 수긍했다.

"우리까지 어색해질 정도야."

티아가 주먹을 꽉 움켜쥐었다.

"조, 조금만 더 기다리자. 조금씩 대화가 활기를 띠면 괜찮을 거야."

순식간에 메인 요리인 새끼양 스테이크가 나왔다.

티아는 입에 넣은 순간 저도 모르게 맛있다고 말했다. 기분이 아무리 우울할 때 먹어도 자연스럽게 감상이 흘러나올 수준이라고 느꼈지만—.

"………………………."

"………………………."

아니나 다를까, 마틸다와 아네트는 말이 없었다.

도중에 아네트가 자리에서 일어나 「에르나, 고기 절반 주세요」라며 다가와 겁먹은 에르나가 「이 녀석, 고기를 뺏어 가려고 해!」라고 말하게 한 것 외에는 떠들지 않았다.

"………………………."

"………………………."

디저트가 나올 때까지 그저 긴 침묵이 있을 뿐이었다.

모니카가 빵을 베어 물며 「마침내 엄마가 대화를 포기했어」 하고 냉소했다.

"너무하지 않아? 이래 놓고 아네트를 데려가겠다고?"

반사적으로 옹호하고 싶어졌지만 모니카의 말이 맞았다.

티아가 두 사람 사이에 끼어 대화를 촉구한다면 이야기꽃이 피긴 할 것이다. 하지만 제삼자가 개입하여 억지로 분위기를 띄운 대화에 무슨 의미가 있겠는가.

모녀가 일대일로 대면할 기회를 마련하고 싶다.

그 마음 하나로 배려한 것이었는데 그다지 의미는 없었을지도 모르겠다.

“그러게. 디저트가 나오면 이만—.”

돌아가자는 말을 꺼내려고 했을 때였다.

에르나가 코를 움찔거렸다.

“에르나?”

모니카가 눈치 빠르게 반응했다.

“……불행의 조짐이 있어.”

그 근원을 확인한 모양이다. 에르나가 현관 쪽을 몰래 가리켰다.

“—포위당했어.”

◇◇◇

티아는 모니카에게 눈짓했다.

남은 스테이크 소스로 접시에 지도를 그렸다. 탈출 경로와 포메이션.

모니카는 불만스러워하며 눈썹을 찌푸렸다. 하지만 식탁보 밑으로 뭔가를 던졌다.

티아의 무릎 위로 통신기가 미끄러지듯 전달되었다. 손수건으로 감쌈과 동시에 자리에서 일어나 옆 테이블로 이동했다.

“마틸다 씨. 화장실 가는 척 뒷문으로 나가죠.”

작은 목소리로 속삭이자 마틸다는 퍼뜩 놀란 표정을 지었다. 짚이는 바가 있는 듯했다.

어느새 붐비기 시작한 레스토랑 내를 슬며시 이동했다. 뒷문 앞에 남성 웨이터가 있었기에 취한 것 같다고 색정적으로 말하며 주의를 돌렸다. 그 틈에 눈짓하여 마틸다를 밖으로 내보냈다.

티아도 화장실로 이동하여 창문으로 탈출했다.

《정문 쪽에 묘한 남자들이 있어. 세 명.》

통신기에서 모니카의 목소리가 들렸다.

《너희가 돌아오지 않는다는 걸 눈치채고 이동했어.》

"뭐 하는 사람들인지 알겠어?"

《적어도 건전한 일을 하는 사람들은 아니야. 서두르지 않으면 따라잡힐 거야. 앞으로 40초.》

티아는 주위를 확인했다.

호텔 밀집 지역에서 택시로 이동할 만큼 떨어진 해안가 레스토랑이다. 뒷문으로 나와도 커다란 간선 도로와 성벽처럼 우뚝 솟은 절벽이 있을 뿐이었다. 산과 바다 사이에 낀 이 도시다운 지형이었다. 숨을 곳이 없었다.

"모니카, 못 쫓아내?"

《불가능한 건 아닌데 귀찮아. 레스토랑 옆에서 날뛰고 싶지 않아.》

어지간한 훈련을 받은 상대가 아니라면 쫓아낼 수는 있을 것이다. 하지만 경솔하게 혼란을 확산시키는 것은 최종 수단으로 삼고 싶었다.

《어쨌든 절벽을 따라 달려. 종소리가 울리는 쪽으로.》

"종소리?"

《잔말 말고.》

티아는 뒷문으로 돌아가 얼굴이 새파래진 마틸다와 합류했다. 마틸다의 팔을 잡고 달리기 시작함과 동시에 머리를 굴렸다.

'일단 내가 교섭할까? 아냐, 현재 상황에선 위험성이 너무 커…….'

호텔들의 빛을 향해, 차가 거의 다니지 않는 간선 도로를 나아갔다.

"너희들! 도망치지 마!"

어른들의 호통과 발소리가 뒤에서 들려왔다. 살기도 있었다. 쉽사리 놓치지 않겠다는 의지가 느껴졌다.

목적은 모르겠지만 도망치는 편이 좋을 듯했다.

"마틸다 씨, 더 빨리 뛰어요!"

"더, 더 빨리, 뛰라고 해도……."

대답은 연약했으나 다행히 마틸다는 잘 뛰었다. 평소에 훈련받고 있는 티아의 질주도 확실하게 따라왔다. 하지만 체력은 없는지 금방 지치기 시작했다.

남자들의 욕설은 점차 가까워지고 있었다.

"—윽!"

티아의 어깨에 충격이 가해졌다.

돌에 맞았음을 깨달았다. 아프지만 발을 멈출 수는 없었다.

"저 여자도 잡아!"

고함으로부터 도망치듯 티아는 어깨를 잡고 계속 달렸다.

《괜찮아. 그쪽으로 먼저 한 명 보냈어.》

그때, 종소리가 들렸다. 딸랑, 높은 소리가 어두운 밤에 울렸다.

티아는 망설이지 않고 그쪽으로 향했다.

《무기도 쓰지 않고 살기도 느끼게 하지 않으며 적을 매장하는 반칙적인 암살자를 말이야.》

모니카의 해설이 들리고 종소리의 정체가 밝혀졌다.

절벽 밑에 인형처럼 아름다운 금발 소녀가 서 있었다.

"불행……."

그녀는 손에 든 핸드벨을 딸랑 울리고 중얼거렸다.

"코드 네임『우인』― 애써 죽일 시간이야."

직후, 말도 안 되는 광경을 본 티아는 아연실색했다.

반칙적이라고 모니카가 표현한 것도 수긍이 갔다. 상식을 벗어나 있었다. 어떤 의미에서『시체』조차 웃도는 암살자였다.

에르나가 가만히 절벽을 올려다보았다.

직후― 인간의 머리만 한 거석이 쏟아졌다.

◇◇◇

소녀들은 분수가 솟구치는 공원에서 합류했다.

티아는 보고했다. 쫓아온 남자들 중 한 명에게 부상을 입혔다는 것. 미미한 정도라는 것. 그 틈에 지나가던 택시에 올라타 도주에 성공했다는 것.

모니카도 말했다. 낙석 소리가 레스토랑 안까지 들렸지만 패닉에 빠질 정도는 아니었다는 것. 주위에 수상한 인물이 남아 있지 않았다는 것.

정보 교환을 마치고 티아는 고개 숙인 마틸다 앞에 섰다.

"당신, 쫓기고 있는 건가요?"

솔직하게 물었다.

마틸다는 눈을 피했다.

"그건……."

"말하지 못한다면 두 번 다시 아네트와 만나게 할 수 없어요."

냉혹하지만 당연한 조치였다. 사연 있는 인간에게 아네트를 맡길 수는 없다.

단념한 것처럼 마틸다는 입술을 깨물었다.

"사채업자예요."

"어떻게 된 거죠?"

"……그저께였어요."

마틸다는 미안해하는 얼굴로 이야기했다.

"일을 끝내고 공원에서 한숨 돌리다가 제 공구함을 도둑맞았어요. 필사적으로 찾아다녔지만 이미 전당포에 넘어가서…… 패닉에 빠져서…… 직접 사서 되찾으려고 여권을 담보로 돈을 빌려 도박했지만 실패해서……."

"당연히 실패하지. 경찰에게 상담해."

기막히다는 어조로 모니카가 끼어들었다.

이 일대에는 확실히 카지노가 횡행하지만, 경영하는 것은 법망을 교묘하게 벗어난 불법 업자였다. 풋내기가 푼돈으로 도전해서 이길 수 있을 리가 없다.

"공구함 같은 건 포기하고 본국으로 돌아가면 될 텐데."

"하지만 그 공구함은 아주 중요한 물건이에요."

마틸다는 분하다는 듯 주먹을 움켜쥐었다.

"티아. 그냥 내버려 두자."

모니카는 신물이 난다는 어조로 말했다.

"이런 엄마랑 만난다고 아네트가 행복해지겠어? 딸과 제대로 대화도 못 해. 빚까지 지고 있어. 얼른 대사관에 보내자고."

마틸다의 눈에 눈물이 왈칵 차올랐다. 어쩌면 아까 아네트와 대화를 이어가지 못한 것을 후회하고 있을지도 모른다.

역시 마음이 아팠다.

"잠깐만, 목소리가 커. 마틸다 씨는 도난 피해자야."

"아아, 그러셔."

모니카는 어깨를 으쓱였다. 반성하는 기미가 전혀 없었다.

"—이 아이는, 천사예요."

힘 있는 목소리가 들렸다.

순간 마틸다의 목소리인 줄 몰랐다.

평소의 패기 없는 목소리와는 달리 분명한 의지가 느껴졌다.

"뭐야? 그게."

모니카가 코웃음 쳤다.

마틸다는 어깨를 떨며 주장했다.

"사채업자로부터 도망치고 완전히 절망했을 때, 이 아이가 있었어요……. 반짝이는 천사처럼 보였어요……. 죽은 줄 알았던 딸과 만났다고요. 이게 기적이 아니면 뭐겠어요……? 아까는 긴장하고 말았지만, 나는 이 아이를 정말로 사랑해요."

그녀는 허리를 접다시피 하며 고개를 숙였다.

"저는 다시 한번 딸과 함께 살고 싶어요……. 기회를 주세요……."

티아는 숨을 삼켰다.

열 살 이상 어린 소녀들에게 간청하는 모습을 보고 눈을 크게 떴다.

완고했던 모니카는 「결국 대사관에도 경찰서에도 왜 안 가는지 설명이 안 됐어……」 하고 내씹기는 했으나, 생각에 잠긴 모습으로 침묵했다가 뭔가를 깨달은 것처럼 어깨에서 힘을 뺐다.

"……뭐, 사정은 알았어."

모니카가 시선을 보냈다.

"아네트, 네가 정하는 게 어때? 실제로 마틸다 씨를 어떻게 생각해?"

모두의 시선이 아네트에게 모였다. 아네트는 아까부터 돌아가는 상황을 말없이 지켜보고 있었다.

"…………."

영원하게도 느껴지는 긴 정적.

이윽고 아네트가 입을 열었다.

"……나님, 본 적 있어요."

"아네트?"

티아가 고개를 갸웃했다.

"공구함…… 코발트블루, 푸른 하늘 같은 색……."

마틸다가 양손으로 입을 가렸다.

아네트는 멍하니 공중을 바라보고 있었다. 마치 허공에 뜬 대기를 보듯 초점이 맞지 않는 눈으로 말을 이었다.

"예전에 누군가가 그걸 자랑스럽게 들고 있었고……."

"너, 기억이—."

"하지만 그때는 훨씬 크고, 아주 무겁고, 딱딱하고, 가깝고, 아프고……."

말은 거기서 끝났다.

아네트는 어깨를 떨구고서 하아아아 하고 한숨을 쉬더니 명랑하게 웃었다.

"—나님, 역시 떠올릴 수 없었어요!"

아네트는 그 말을 끝으로 설명을 마치고서 입을 다물어 버렸다.

조금씩 바뀌기 시작하고 있어—?

티아는 예감을 느꼈다.

텅 비었다고 느꼈던 아네트에게 뭔가가 생겨났어? 마틸다와 만나서?

환영할 일이라고 판단했다. 이 기회를 놓치고 싶지는 않았다.

"있잖아요, 마틸다 씨."

티아는 자신의 가슴에 손을 얹었다.

"그 공구함, 제가 되찾아 드려도 될까요?"

마틸다는 영문을 모르겠다는 표정을 지었다.

◇◇◇

밤, 티아는 임무용 옷을 입고 몰래 호텔을 빠져나왔다. 검은 옷은 어두운 밤에 녹아들어 그녀의 기척을 지웠다. 남의 눈을 피해 어둑한 거리를 골라 나아갔다.

밤에도 불빛이 꺼지지 않는 도시다.

큰길에서는 야간 분수쇼나 경관 조명 점등을 기대하고 관광객이 활보하고 있었다. 그것을 보고 불안해졌다. 비교적 치안이 좋은 딘 공화국이어도 갱단이나 범죄자는 어디에나 숨어 있다는 건가. 특히나 들뜬 봉을 잡기가 어렵지 않은 도시에서는.

어깨가 욱신거리기 시작했다.

아까 돌을 맞아 생긴 상처였다. 날아온 게 총알이 아니라 다행일지 모른다.

어떤 집단이 마틸다를 함정에 빠뜨렸는지는 모르겠다. 또 전투가 벌어지면 이번에야말로 돌이킬 수 없는 상처를 입을지도 모른다.

혼자 맞설 생각이었다. 티아의 독단에 다른 소녀를 끌어들일 마음은 없었다.

그렇게 생각했을 때, 낯익은 인물이 티아 앞을 막아섰다.

모니카였다.

"뭐야? 말리러 왔어?"

"진심이야?"

모니카가 말했다. 그녀도 임무용 옷을 입고 있었다.

"도와줄 필요 없잖아. 이런 위험을 짊어질 가치가 있어?"

"말했잖아? 나는 아네트의 텅 빈 마음을 채우고 싶어."

"……그 결과, 아네트가 스파이를 그만두려고 하면?"

"아네트는."

티아는 옅게 미소 지었다.

"평범한 소녀로 돌아갈 수 있어."

"……."

"모니카?"

모니카는 입가에 손을 대고 뭔가 생각에 잠겼다. 자세히 보니 손 안에 작은 거울이 있었다. 후방을 확인 중인 듯했다.

"군인이 많아."

나직이 중얼거렸다.

"……줄곧 신경 쓰였어. 낮부터 군인이 유독 많이 어슬렁거리고 있어. 묘해."

"무슨 말이야?"

"뭔가 귀찮은 사태가 도시에서 벌어지고 있을지도 몰라. 섣불리 자극하고 싶지 않아."

세계 대전 종결 후 육군의 주된 일은 국경 부근의 경비, 재해 대책, 군사 훈련, 그리고 경찰 혼자 감당하기 힘든 사건 지원— 테러리스트나 스파이 경계였다.

확실히 불온한 느낌이 들지만—.

"그래도 물러나지 않을 거야?"

"응."

티아는 고개를 끄덕였다.

"넌 진짜 바보야. 낮에 다치기도 했으면서."

모니카는 어이없어하는 것 같았다. 픽 웃으며 티아의 어깨를 가리켰다.

"역할이 반대였다면 실패하지 않았어. 나보고 마틸다 씨를 보호하라고 하고, 네가 통신기로 지시를 내렸다면 더 잘 풀렸을 거야."

"하지만 이건 내가 떠맡은 말썽이야. 위험한 역할은 맡길 수 없어."

지시했을 때, 모니카의 불만스러운 얼굴은 알아차렸다.

모니카라면 혼자서 폭한을 쫓아낼 수 있다는 것도 알고 있었다.

"이번에도 그래. 내가 끌어온 문제는 내가 책임지고 처리할 거야."

"……역시 바보야."

"뭐?"

결의를 고했는데 간단히 부정당했다.

모니카는 질렸다는 표정을 지었다.

"야, 네가 다치면 나도 문책당해."

"그럴 일은 없어. 오해하는 사람이 있으면 확실하게 설명해서……."

"동료들은 그렇게 안 볼지도 몰라. 너의 경솔한 행동으로 나까지 비난받을 수도 있어."

"윽."

대꾸할 말이 나오지 않았다. 그 가능성은 머릿속에서 누락되어 있었다.

"그, 그건 미안해. 하지만 마틸다 씨를 내버려 두는 것도—."

"—그러니까 내가 협력해 줄게."

모니카가 티아의 팔을 툭 두드렸다.

아연해졌다.

"너……."

"슬슬 눈치채. 나는 프라이드가 높아. 곁에 있는 동료가 다치면 자존심이 상한다고. 그런데 네가 물러나지 않으니 어쩔 수 없지."

모니카는 노골적인 한숨을 쉬었다.

"이번만큼은 네 물러 터진 생각에 어울려 줄게."

그러자 그늘에서 두 소녀가 더 튀어나왔다.

"에르나도 할 거야."

"나님도 할게요!"

에르나와 아네트였다.

둘 다 빈틈없이 임무복으로 갈아입고 각각 협력 의지를 표명했다.

"……읏."

티아의 입술이 파르르 떨렸다.

몸이 확 뜨거워졌다. 무의식적으로 공기를 들이마셔 폐를 부풀렸다.

"왜 그래?"

모니카가 기분 나쁘다는 듯 눈썹을 찌푸렸다.

"믿을 수가 없어서. 당연히 너는 『폭주하지 마, 색녀』라고 화낼 줄 알았어."

"너는 나를 어떻게 평가하고 있는 거야."

"그리고― 굉장히 든든해."

마침내 이 네 사람이 협력하는 것이다.

티아는 북받치는 웃음을 참을 수 없어서 머리카락을 쓸어 올렸다.

"자! 해 보자! 우리 넷이라면 반드시―."

"그런 건 됐으니까."

사기를 올리려고 하자 모니카가 차단했다.

"비선발조 4인도 아니고, 짝짜꿍 놀이는 하지 말자."

모니카는 릴리, 그레테, 지비아, 사라를 『비선발조』라고 부르며 어깨를 돌렸다. 더할 나위 없이 거만하지만 모니카다웠다.

"우리는 우리의 연대로 가자고. 선발조의 긍지를 가지고서."

한없이 불손한 태도.

하지만 그 말에 가슴이 뛴 것도 사실이었다.

◇◇◇

맨 처음 행동을 시작한 사람은 티아와 에르나였다.

역 근처 큰길에 목적지인 전당포가 있었다. 폐점 시간이 거의 다

되었을 때 미끄러지듯 들어갔다. 좁은 점내에 유리 진열장이 늘어서 있고, 보석과 브랜드 가죽 제품이 장식되어 있었다.

'조명이 어두워……. 상품을 팔 마음이 없는 것 같아.'

스파이의 직감이 위화감을 포착했다.

일단 아네트가 이 전당포에 사전 조사차 왔었다고 했다. 아네트가 가르쳐 준 선반을 보니 코발트블루색 공구함이 놓여 있었다. 바깥에서도 보이는 눈에 띄는 자리였다.

티아는 그 공구함의 가격을 보고 아연실색했다.

일반 성인 남성 월급의 두 배 가까이 됐다.

'역시 이상해……. 단순한 공구함이 이런 가격에 팔릴 리가 없잖아.'

마틸다는 구입을 포기하고 카지노에 도전했다고 했는데, 그것도 납득이 가는 가격이었다.

마틸다를 함정에 빠뜨린 악의가 보이기 시작했다.

"저기, 팔고 싶은 게 있는데요. 잠깐 괜찮을까요?"

가게 주인은 안쪽에 있었다.

안경을 쓴 빼빼 마른 청년이었다. 얼핏 보면 얌전하게 생겼지만, 그 눈에서는 이쪽을 잡아먹으려는 듯한 압박감이 느껴졌다.

"이 공구함이에요. 매입해 주시겠어요?"

티아는 또 다른 공구함을 내밀었다.

마틸다가 도둑맞은 공구함과 판박이였다.

"그거라면……."

청년은 음울한 표정으로 종이에 만년필을 놀렸다.

"이 가격으로."

불면 날아갈 듯한 저렴한 가격이었다.

"어머."

티아는 의외라는 듯— 세상 물정 모르는 아가씨처럼 눈을 동그랗게 떴다.

"이 공구함— 진열장에 있는 것과 완전히 똑같지 않아요? 판매가의 70% 가격으로 매입해 주지 않을래요?"

마틸다가 도둑맞은 공구함과 생김새가 똑같은 복제품.

아네트가 한 시간도 채 걸리지 않아 만들어 낸 작품이었다. 아네트는 진열장의 도난품을 딱 한 번 보고서 기억하고, 시판 공구함을 개조하여 완전히 똑같이 생긴 물건을 만들었다.

주인은 동요한 것처럼 안경을 추켜올렸다.

"와, 완전히 똑같은 상품……?"

아네트의 정교한 복제품을 보고 당황한 듯했다.

겉모습과 안쪽의 세공까지 완전히 똑같은 공구함이었다. 정당한 이유도 없이 가격차를 둘 수는 없을 것이다.

티아는 달콤한 목소리를 내며 에르나의 등을 건드렸다.

"응? 부탁해요. 이 아이 아빠의 소중한 물건이에요."

"하지만, 그렇게 말해도……."

"제발! 지금 당장 돈이 필요해요."

티아는 전당포 주인의 손을 양손으로 잡고 상대의 눈을 지그시 바라보았다. 상대는 얼굴을 붉히며, 갑자기 손을 잡은 티아를 마주

보았다.

―딱 3초, 티아는 시선을 돌리지 않았다.

그걸로 충분했다.

"……억지를 부려서 미안해요."

티아는 손을 떼고 고아하게 웃었다.

"우리는 이곳에 묵고 있어요. 마음이 바뀌면 연락해 주세요."

메모를 주인의 손에 쥐여 주고 티아는 에르나와 가게에서 나왔다. 확실히 하기 위해 도중에 에르나의 머리카락을 뒤로 넘겼다. 아름다운 금발이 가로등 불빛을 반사하여 반짝였다.

적어도 전당포 주인이 에르나의 특징을 잊는 일은 없을 것이다.

전당포에서 멀어지자 통신기에 대고 말했다.

"여기는 『몽어』. 1단계 클리어야. 전당포 주인의 소망은 훤히 보였어. 지저분한 금전욕으로 똘똘 뭉쳐 있었어. 예상대로야."

남자가 어떤 행동에 나설지 티아는 손에 잡힐 듯이 알 수 있었다.

"『우인』을 가짜 숙소로 보내겠어. 시간은 걸리겠지만 대기해 줘."

◇◇◇

뒷골목에서 대기하던 모니카는 다시 연락을 받았다.

《여기는 『우인』. 2단계 클리어야.》

티아의 보고를 들은 지 얼마 되지 않아 에르나의 통신이 들어왔다.

《예정대로 공구함을 도둑맞았어.》

빠르기도 하지. 예정보다 빨리 일이 진행되고 있었다.

"이로써 전당포와 절도범이 이어져 있는 건 확정인가."

전당포 주인은 봉이 찾아왔다며 동료에게 기쁘게 연락했을 것이다. 티아가 가르쳐 준 호텔과 전당포를 잇는 길에서 기다리다가 금발 소녀에게서 공구함을 훔쳤다. 우연이라고 생각할 수는 없었다.

"……그렇다고 해도 빠르지 않아?"

《에르나가 분수쇼에 정신이 팔린 사이에 사라졌어.》

"하긴, 너는 소매치기 잘 당할 것 같아."

《그러고 보니 에르나의 지갑도 아까부터 없는 것 같은데—.》

모니카는 통신기를 주머니에 넣었다. 새로운 문제가 발생한 것처럼 들렸지만 티아에게 맡기겠다.

"아네트. 발신기는?"

"정확하게 작동하고 있어요. 꽤 가까워요!"

아네트가 탐지기를 껴안고 신난 모습으로 말했다. 아네트가 제작한 공구함에 발신기를 붙여 뒀었다.

아네트가 안내한 곳은 거대한 호텔 틈에 있는 작은 빌딩이었다. 반지하에는 딱 보기에도 초라한 사무소가 있었고, 정장 차림의 어른들이 천박하게 웃으며 득시글거리고 있었다.

"……갱단 미만의 악당이란 느낌이려나. 시시해."

창문으로 확인하고 모니카는 어깨를 으쓱였다.

"뭐, 좋아. 얼른 마무리 지어 버리자."

모니카는 마스크로 얼굴을 가리고 반지하 창문을 걷어차 깨뜨린

뒤 실내에 들어갔다.

그와 동시에 여성의 새된 목소리가 울렸다.

"너 뭐야!"

"평범한 관광객."

모니카는 김빠지는 대답을 하고서 실내를 확인했다.

반지하 방에는 다섯 명이 진을 치고 있었다. 여자가 한 명, 남자가 네 명. 실내에는 도난품으로 보이는 가방류가 쌓여 있었다. 안쪽에 금고가 보였다. 다이얼 금고가 아니라 열쇠형 금고. 모니카라면 순식간에 열 수 있는 싸구려였다.

그리고 그 금고 옆에는 아네트가 제작한 공구함이 있었다.

"상당히 악랄한 짓을 하네. 여행객에게서 귀중품을 훔쳐 전당포에 팔아넘기고, 그다음엔? 불합리한 가격을 책정하게 해서 곤란에 빠진 봉에게 돈을 빌려주고 카지노를 소개하나? 굉장해. 이렇게까지 철저한 악인은 오랜만에 봐."

모니카는 방의 테이블에 아무렇게나 놓인 물건을 집었다.

"담보로 여권도 이렇게나 모으고……."

뒤죽박죽 쌓인 여권을 뒤적여 확인했다.

"……응, 역시나."

그리고 찾던 물건을 발견하여 흡족하게 웃었다.

남자 한 명이 발끈했다.

"멋대로 만지지 마!"

근처에 있던 쇠파이프를 들고 모니카에게 덤벼들었다.

모니카는 옆으로 가볍게 몸을 움직여 공격을 피했고, 재차 달려드는 남자의 발을 걸었다. 막무가내로 달려들었던 남자는 그대로 금고와 격돌. 머리를 부딪쳐 의식을 잃었다.

침입자가 보통내기가 아님을 상대도 알아차린 듯했다. 단검을 들고 모니카를 에워쌌다.

하지만 그에 겁먹을 모니카가 아니었다.

"내가 전부 쓰러뜨려도 좋겠지만— 멋진 부분은 양보하겠어."

따분하다는 듯 내뱉고서 손가락을 딱 튕겼다.

"나님이 나설 차례인가요?!"

깨진 창문으로 아네트가 얼굴을 내밀었다. 긴박한 상황에 어울리지 않는 순진한 웃음을 보이며.

허? 하고 멍하니 있는 남자들을 흘낏 보고 모니카는 품에서 고글을 꺼냈다.

그들이 알 리가 없다.

평범한 공구함으로 보이는 물건— 아네트의 발명품을 태평하게 들고 온 시점에 패배는 정해졌다.

"코드 네임 『망아』— 짜 올리는 시간을 가지죠!"

다음 순간, 공구함은 최루 가스를 뿜어냈다.

◇◇◇

만나기로 한 장소는 잔디밭이 펼쳐진 공원이었다.

점심때 공구함을 전달하자 마틸다는 눈을 동그랗게 떴다.

"……어떻게 되찾았나요? 여러분은 뭐 하는 사람들이죠?"

"친척 중에 경찰이 있어서요. 살짝 부탁했어요."

티아는 대충 둘러댔다.

실제로는 최루 가스로 가득 찬 방에서 모니카가 그들의 장부를 훔치고, 그 장부를 가지고서 전당포를 협박하여 되찾은 것이었다. 사실은 여권도 되찾고 싶었지만, 모니카가 말하길 마틸다의 여권은 그 방에 없었다고 했다.

하지만 오늘은 그런 진실을 이야기하러 온 것이 아니었다.

옆에서 아네트가 거칠게 콧김을 내뿜고 있었다.

"그보다도!"

아네트가 폴짝 뛰었다.

"안에 든 걸 나님한테 가르쳐 주세요!"

"어? 그 정도라면……."

"나님! 그게 기대돼서 어제부터 잠이 안 왔어요!"

아네트는 마틸다의 옷을 잡아당겨 잔디밭에 앉혔다.

"나님, 노린 상대만 함정에 빠뜨리고 싶어요! 요전번에도 형님용 함정에 덜렁이 에르나가 걸려 버렸어요. 어쩌면 좋을까요?!"

"……응? 장난이라도 치려고? 으음, 그렇다면 이 도료를 쓰는 건 어때?"

"응? 그게 뭐예요?!"

"새로 개발된 도료야. 물에 잘 녹아. 물을 뿌리면 바로 녹아서 가짜와 진짜를 구분할 수 있어. 그 구분법을 동료한테만 알려 주는 거야."

"오오! 나님, 감동했어요!"

아무래도 공구함 안에는 마틸다가 공부한 자료도 들어 있었던 모양이다. 전당포의 주인도 이해하지 못해서 처분하지 못한 듯했다.

이른 오후 공원에서 기계 부품과 설계도를 늘어놓고 담소를 나누는 모녀.

옆에서 보기에는 기묘한 광경이긴 하지만 당사자들은 즐거운 것 같았다.

"나님, 이 공구함을 통째로 갖고 싶어졌어요!"

"아, 안 돼. 이건 내 업무 도구니까."

아네트가 일방적으로 말을 던지고 마틸다가 당황하며 대답했다.

어젯밤 레스토랑에서 보였던 모습과는 달리 둘 다 말을 잘했다.

"분명 저 모녀는 저렇게 커뮤니케이션했던 거겠지……."

"응."

티아와 에르나는 멀찍이서 모녀를 바라보며 동시에 고개를 끄덕였다.

아네트는 멋진 장난감을 받은 아이처럼 기뻐하고 있었다. 『등불』에서는 좀처럼 볼 수 없는 표정이었다. 고급 디너보다 몇 배는 더 아네트의 마음을 움직인 것이 틀림없다.

'만약 아네트가 정말로 마틸다 씨와 함께 생활하길 희망한다면…….'

이제 와서 후회라니 꼴사납다. 그건 안다.

하지만 마음은 복잡하게 흔들렸다.

"……일단 확실히 밝혀 둘게."

옆에서 에르나가 불쑥 중얼거렸다.

에르나는 간식으로 산 도넛을 입 안 가득 넣고 불만스럽다는 듯 눈을 가늘게 떴다.

"에르나는 싫어."

"어?"

"아네트가 싫어."

"어, 어째서?"

갑작스러운 고백에 허둥거리고 있으니 에르나가 발을 굴렀다.

"당연한 거 아니야?! 늘 에르나를 괴롭히니까!"

"아아, 납득했어."

그러고 보니 아네트의 자유분방함에 가장 피해를 보는 사람은 에르나였다. 물총을 맞고, 잘 때 얼굴을 걷어차이기도 했다.

"……하지만 사라진다면 쓸쓸할 거야."

에르나가 작게 중얼거렸다.

그 말은 에두른 비난으로도 들렸다. 마치 티아가 아네트를 쫓아내고 싶어 하는 것처럼 보였으리라.

"오해하지 말았으면 하는데."

티아는 에르나의 머리를 쓰다듬었다.

“나는 마틸다 씨를 그다지 좋은 엄마라고 생각하지 않아. 미덥지 못한걸. 아네트가 마틸다 씨와 같이 생활하길 희망한다면 나는 반대할 거야. 있는 힘껏 설득할 거야.”

“응?”

“하지만 아네트가 진심으로 원한다면, 나는 인정할 거야.”

어디까지나 본인의 의지를 존중한다.

티아는 그 마음을 뒷받침할 정보를 늘어놓았을 뿐이다. 마틸다와의 생활을 장려할 마음 따위 조금도 없다.

—확고한 마음으로 아네트가 『등불』을 택했으면 좋겠다.

티아의 바람은 그것뿐이다.

“그렇게 판단한 티아 언니는 아주 훌륭하다고 생각해.”

“응, 고마워.”

동료에게 인정받으니 티아도 만족스러웠다.

티아의 가슴에는 역시 이상적으로 여기는 스파이의 모습이 있었다.

분명 자신이 동경하는 히어로라면 똑같이 행동했을 테니까—.

아네트는 저녁까지 엄마에게 질문을 퍼부었다.

마틸다가 완전히 지쳐서 거의 기절할 지경이 되어서야 아네트는 「나님, 공부가 됐어요!」라며 그녀를 놓아주었다.

마틸다는 티아에게 비틀비틀 다가와 멍한 목소리로 말했다.

"대단해요……. 저 아이, 최근 몇 년간의 발명과 신소재를 전부 이해해 버렸어요……."

표정에서는 만족감도 보였다. 아무래도 충실한 시간을 보낸 모양이다.

티아는 또 연락하겠다고 약속하고서 마틸다와 헤어졌다. 다음에 만날 때는 클라우스와 상담하여 판단을 물어야 했다.

돌아가는 길에 아네트는 불쑥 「……이게 엄마라는 거군요」 하고 감회가 새롭다는 듯 중얼거렸다. 딸에게도 의미 있는 시간이었나 보다.

기분 좋아 보이는 아네트와 호텔로 돌아오니 모니카가 책을 한 손에 들고서 기다리고 있었다.

"여, 수고."

모니카는 오늘 하루 꼭 따로 행동하고 싶다고 주장하여 티아 일행과 떨어져 있었다. 그걸 티아는 허락했다. 집단행동을 불편하게 여기면서도 용케 휴가가 끝날 때까지 참아 줬다.

그랬다. 휴가는 내일이면 끝이다.

내일 저녁에는 아지랑이 팰리스로 돌아간다. 그걸 생각하니 서운하고 아쉬웠다.

"모니카도 수고했어. 마틸다 씨는 기뻐 보였어. 네 덕분이야."

"나는 딱히 대단한 일은 안 했지만 말이지. 일등 공로자는 아네트야."

"후후! 역시 우리는 협력만 한다면 무적이네."

"그러니까 나 혼자서 무적이라고 저번에도— 아~ 됐다. 대답하기도 귀찮아."

모니카는 귀찮다는 얼굴로 손을 휘저었다.

평소와 같은 쌀쌀맞은 태도이긴 했지만 예전처럼 신경 쓰이지는 않았다.

"있지, 모니카. 휴가도 내일이 마지막 날이고, 오늘 밤만큼은 신나게 놀지 않을래? 다 같이 거리에 나가자."

내내 모니카와 싸웠으나 이번 일을 통해 유대가 깊어진 기분이 들었다.

가끔은 임무와 상관없이 교류하고 싶었다.

"너랑 같이 놀면 돈 많이 들 것 같아."

모니카가 가볍게 말했다.

"뭐, 가끔은 좋아."

"결정이네. 넷이서 카지노라도 가자!"

"아니, 우리는 그렇다 쳐도, 딱 보기에도 꼬맹이인 두 명은 쫓겨나겠지."

"……카지노, 궁금해."

에르나가 손을 들었다.

"가고 싶어!"

"넌 평생 가지 마."

모니카는 에르나에게 베개를 던져 강제로 침묵시켰다.

그 후 상쾌하게 웃었다.

"하지만 확실하게 일을 끝내고 나서 놀지 않을래?"

"일?"

"클라우스 씨에게 보고해야지. 마틸다 씨에 관해."

"그렇지……."

클라우스는 어떻게 판단할까.

석 달 가까이 함께 지냈지만 성격을 완전히 파악했다고 말하기는 어려웠다.

"선생님은 뭐라고 하려나……. 조금 무서워졌어. 역시 아네트와 마틸다 씨가 만나는 걸 반대할까."

스위트룸에는 직통 전화가 설치되어 있었다. 전용 번호에 걸고 교환원에게 암호를 말하면 아지랑이 팰리스에 연결되는 구조였다.

티아는 그 전화기를 바라보며 표정을 흐렸다.

그러자 모니카가 「아니, 사실 그건 이미 논점에서 벗어난 걱정이야」라며 웃었다.

"무슨 말이야?"

"문제는 한참 전에 바뀌었다는 거지."

말뜻을 이해할 수 없었다.

티아의 옆에서 에르나가 이상하다는 표정을 지었고, 아네트는 천진난만하게 웃고 있었다.

멤버 전원의 시선을 받은 모니카는 유쾌하다는 듯 말했다.

"이상하다고 생각했어. 묵는 곳을 밝히길 주저하고. 도난 피해를 당했으면서 경찰서에 안 가고. 확인했더니 아니나 다를까. 마틸다 씨의 사진이 찍힌 여권은 찾았는데 명의가 달랐어. 육군이 유독 많은 것과 관계가 있는 것 같아."

모니카는 마틸다의 여권을 찾아 놓고서 무슨 이유에서인지 그걸 숨겼었나 보다. 그리고 하루 동안 조사한 건가.

"하고 싶은 말이 뭐야……?"

"고마워. 너희 덕분에 알아낼 수 있었어."

곤혹스러워하는 티아에게 모니카가 고했다.

"마틸다 씨는— 제국의 스파이야."

단언.

자랑스러워하는 모니카의 표정을 보고 티아는 그녀의 진의를 알아차렸다.

—어째서 모니카가 이렇게나 협력적이었는지.

이 전개를 예상했던 것이리라. 티아는 이용당했다. 결속은— 전부 연기.

"클라우스 씨한테는 내가 보고해 둘게."

모니카가 전화기로 다가가 다이얼을 돌리기 시작했다.

"마틸다 씨를 육군에 넘겨야 하잖아?"

마치 사신처럼 잔혹하게 웃으며.

막간 행방③

기차는 딱 정오에 목적지에 도착했다.

역에서 내린 순간, 릴리가 「우와」 하고 신음했다.

"수, 수도보다 발전하지 않았나요?"

역을 에워싸듯 고층 호텔들이 우뚝 서 있었다. 가볍게 둘러보니 거대한 숙박 시설이 열 채 넘게 눈에 들어왔다. 흡사 성채 안에 내려선 것 같았다. 처음 찾아오는 관광객 대다수는 압박감에 주춤한다고 한다. 릴리도 그런 모양이었다.

그러고 보니 릴리는 벽지에서 태어나 양성 기관의 기숙사에서 자란 인간이었다. 아직 도시 풍경에 익숙하지 않은 것 같았다. 이곳보다 몇 배나 발전된 제국의 거리를 걸었을 텐데도.

"호텔 주변은 그렇지."

클라우스는 중얼거렸다.

"그보다 너는— 몇 명 보이지?"

2층으로 된 역사는 사람들로 북적거렸다. 개찰구를 지나니 상점이 늘어서 있었고 지도나 주스를 권했다. 역 앞에는 호텔의 픽업 서비스를 기다리는 줄이 생겨나 있었다.

하지만 그런 들뜬 분위기에서 벗어나 이상한 긴장감을 풍기는 자들이 있었다.

"……군인이 열두 명이나?"

그들은 당당히 군복 차림으로 역에 서서 개찰구를 지나는 사람들에게 날카로운 시선을 보내고 있었다.

릴리가 눈을 깜빡였다.

"아니, 시민처럼 꾸민 군인이 일곱 명 더 있네요. 숨는다고 숨은 모양인데, 위압감과 체격 때문에 완전 티 나지 않아요……?"

"그게 육군의 수준이야."

스파이로 쓸 수 없는 숙련도다. 스카우트가 전국에서 선발한 인간을 키우는 대외정보실과, 건강한 젊은이라면 누구든 소속될 수 있는 육군의 차이였다.

"하지만 육군의 강점은 숫자야. 개인의 능력은 낮지만, 역 하나에 열아홉 명이나 배치할 수 있어."

적국의 스파이 한 명 잡겠다고 이만한 인재를 투입할 수 있는 것은 틀림없이 강점이었다.

클라우스는 작은 목소리로 물었다.

"—너라면 이 포위망을 어떻게 돌파할 거지? 이미 얼굴이 알려졌다는 조건하에."

"……예? 기습 문제?!"

릴리는 입가에 손을 대고 끙 소리를 냈다.

"우, 우선 제일 지위가 높아 보이는 사람을 독으로 잠재우고—."

"그러면 너는 허공을 나는 풍선처럼 살해당해."

"잘 모르겠지만 패배했어?!"

군인의 배치를 보니 뛰어난 지휘관이 있는 듯했다. 그 인물이 누구일지 예상은 갔다.

클라우스는 사전에 들은 호텔로 이동했다. 육군은 일류 호텔의 방을 빌려 작전 본부를 세운 것 같았다.

일단 뒷골목에 들어가 릴리에게 후드로 얼굴을 가리라고 지시했다.

"어라, 얼굴을 안 보이는 건가요?"

"육군 녀석들에게 민낯을 드러내면 바로 적국으로 유출되는 거야. 정보 관리가 형편없어. 내 얼굴이야 이미 유출됐지만, 네 얼굴은 섣불리 보이지 마."

"……선생님, 신경이 곤두서 있는 것 같아요."

"육군에는 거북한 남자가 있어."

클라우스와 릴리가 호텔 6층에서 내리자 복도에 군인이 서 있었다. 「대외정보실 인간이다」라고 클라우스가 고하니 불쾌해하며 길을 비켰다.

작전 본부에는 일곱 남성이 커다란 테이블에 둘러앉아 있었다. 지도를 펼치고 다들 하나같이 팔짱을 끼고 있었다. 그러다 노크도 안 하고서 거침없이 들어온 클라우스를 알아차리고 전원이 동시에 숨을 삼켰다.

중앙에 있던 청년이 일어나 클라우스에게 성큼성큼 다가왔다.

"이봐! 왜 네놈이 있는 거지! 대외정보실에 지원을 부탁한 적은 없어!"

늠름한 남자였다. 딱 보기에도 군인이었다. 두꺼운 체격과 짧게

깎은 금발. 아직 스물네 살이라지만, 그 얼굴에서 젊은이의 순진함은 보이지 않았다.

클라우스가 거북하게 여기는 인간— 웨르타 바르트 대위였다.

"너한테 꼭 알려 줘야 하는 건 아니지. 우리에게는 묵비할 권리가 있어."

클라우스는 한숨을 쉬며 고했다.

"육군이 소지한 정보를 전부 보여 줘."

"그게 남한테 부탁하는 태도인가?"

웨르타는 얼굴을 찌푸렸다.

"이건 내 부하와 용감한 지방 경찰이 긁어모은—."

"긴말 말고 규칙에 따라."

"윽, 네놈……."

"굳이 나한테 따져 들지 마. 성가셔."

웨르타가 당장 멱살을 잡을 기세로 노려보았다.

클라우스는 상대하려 들지도 않고 흘려버렸다.

험악한 분위기를 알아차렸는지 릴리가 끼어들었다.

"저기! 두 분은 서로 아는 사이신가요?"

웨르타는 처음으로 릴리의 존재를 깨달은 듯했다. 오, 하고 살가운 표정을 보였다.

"네놈이 부하를 데리고 있다니 별일이네."

릴리가 긴장하며 「대외정보실의 『화원』입니다」 하고 고개를 숙였다.

그 모습에 웨르타는 마음을 놓은 것 같았다. 쾌활하게 웃으며 자기소개했다.

“내 이름은 웨르타 바르트. 육군 정보부에서 대위를 맡고 있지. 잘 부탁한다.”

웨르타는 릴리와 악수하고서 다시 클라우스를 노려보았다.

“『화톳불』과는 이상하게 연이 있어서 말이야. 몇 번인가 얼굴을 마주했어.”

귀찮게도 말이지. 클라우스는 내씹었다.

웨르타와는 『화염』 시절부터 안면이 있는 사이였다.

국내 임무로 육군으로부터 정보를 얻을 때, 어째선지 이 남자가 담당인 경우가 많았다. 사건 냄새를 잘 맡는 묘한 후각이 있는 듯했다. 처음 만났을 때는 준위였던 인간이 순식간에 승진하여 그의 나이에는 이례적인 대위까지 올랐다.

능력은 인정하지만, 소속 때문인지 아무래도 그와는 죽이 맞지 않았다.

“또 그쪽 상사들이 보고를 게을리했어. 다음부터는 무슨 일이 생기면 네가 직접 전해.”

“군대는 수직 사회야. 아래쪽 인간이 지시도 안 받고 움직일 수 있을 것 같아?”

웨르타는 클라우스의 불평에 코웃음 쳤다.

“그리고 필사적으로 모은 정보를 간단히 양보하여 성과를 뺏기는 건 기분이 안 좋거든.”

“우선순위를 틀리지 마.”

"내가 참으려고 해도 현장의 지휘에 영향을 줘. 사람은 이론만으로 움직이지 않아. 무엇보다, 아까 보고하라고 했는데, 너희가 한 번이라도 우리한테 정보를 준 적이 있나?"

"대외정보실은 기밀 정보를 다루는 기관이야. 정보는 간단히 넘길 수 없어."

웨르타와 서로를 노려보았다.

릴리가 쩔쩔매기 시작했지만 이 정도는 늘 있는 일이었다.

그러나 대외정보실은 육군의 정보를 열람할 권리가 있었다.

웨르타는 짜증을 내며 자료를 보여 줬다.

라일라트 왕국과 가르가드 제국 스파이 간의 항쟁. 그리고 라일라트 왕국 스파이의 시신. 마지막으로 제국 스파이라고 여겨지는 여성의 여권 사본.

"이 여자가 잠복 중인 스파이야. 현재 간선 도로, 역, 항구를 감시하며 쥐새끼 한 마리 빠져나가지 못하게 봉쇄하고 있어. 은행 계좌도 동결했고. 곧 견디지 못하고 발견되겠지."

"호들갑스럽군. 나라면 하루 만에 찾을 수 있어."

"어떻게? 상대는 타국의 스파이를 죽인 실력자야."

"호반에 뜬 수초를 살며시 건져 올리듯—."

"네놈의 허세에 어울려 줄 여유는 없어. 육군한테 맡겨라. 상부에서 이미—."

허세가 아닌데 말이지, 하고 중얼거렸으나 웨르타는 상대해 주지 않았다.

"이건 좋은 마음으로 하는 말인데."

웨르타의 목소리가 작아졌다. 주위 동료에게 들려주고 싶지 않은 내용인 것 같았다.

"알다시피 육군은 대외정보실에 대한 반발이 세. 상층부는 스캔들을 찾으려고 기를 쓰고 있어. 최근에는 한층 더 그렇지."

바이러스 병기 유출 사건이 알려져서 체면이 구겨졌기 때문이리라.

하찮은 앙심이었다.

"만약 네놈이 현장을 휘저어서 포박 직전이었던 스파이를 놓친다면 상층부는 기뻐하며 대외정보실 폐지를 의회에 호소할 거다."

"……."

"깨끗하게 물러나 있어. 네놈은 마음에 안 들지만, 대외정보실 폐지까지는 나도 바라지 않아."

웨르타는 『화염』을 아는 인간이다.

그들의 위대함을 아는 자 중에 대외정보실을 진심으로 적대시하는 자는 별로 없다.

"……그래, 돌아가기로 하지. 조언 고맙군."

"오, 잘 알아먹네."

"다만 충고를 남기겠어. 항구의 경비를 늘려 둬."

웨르타가 의아한 표정을 지었다.

"무슨 뜻이지?"

"적국의 스파이가 꼭 한 명만 있다고는 할 수 없어. 너희는 들어오는 인간에 대한 경계는 허술하잖아? 오래 끌면 제국에서 지원군으로 좋지 못한 자가 달려올지도 몰라."

"스파이 증원인가."

웨르타는 고개를 끄덕였다.

"일리 있어. 하지만 왜 항구지?"

"그냥 항구라는 생각이 들었는데?"

클라우스가 그렇게 말하자 웨르타는 몹시 불쾌하다는 듯 눈썹을 찌푸렸다.

호텔을 나오자 릴리가 크게 한숨을 쉬었다.

"……대외정보실(우리)과 육군 사이가 나쁜 이유를 알았어요."

호텔 그늘에 숨어 후드를 벗었다. 그 표정은 어이없음 절반, 납득 절반 정도일까. 방금 막 나온 호텔을 노려보았다.

"아까 그 방에 있던 사람들, 전부 살기 어린 눈으로 우리를 노려봤어요. 상당히 미움받고 있네요."

"새삼스러운 일도 아니야."

"임무 중에 실수한 저를 노려보는 모니카 같은 눈이었어요."

그건 증오가 아니라 멸시일 것이다.

"하지만 웨르타 씨는 나쁜 사람이 아닌 것 같아요."

"마음에 안 들지만 우수한 지휘관이야. 역사의 군인 배치도 상당히 뛰어났어."

클라우스는 고개를 끄덕였다.

“마음에 안 들지만.”

“두 번 말했어?!”

“내게 라이벌 의식을 가지고 있으니까. 성가셔.”

“그래도 그렇게까지 매정하게 대할 필요는 없잖아요. 육군 사람이라서 싫어하시는 건가요?”

“태도가 거만하잖아.”

“……”

“음? 뭔가 말했나?”

“아뇨…… 아무것도 아니에요.”

선생님도 꽤 거만했어요, 라고 중얼거렸던 것도 같다.

아직 설명하고 싶은 것은 많지만, 설명에 시간을 할애하고 있을 때는 아니었다.

본론으로 돌아가자. 웨르타는 엄청난 사실을 보여 줬다.

“그보다 육군이 수색 중인 스파이 말인데—”

“앗, 네! 뭔가 알아내셨나요?”

“여권 사진에서 아네트의 모습이 보였어. 관계자일지도 몰라.”

위조된 여권에는 흑백 사진이 붙어 있었다. 이름과 생년월일은 가짜겠지만, 세관을 통과하는데 전혀 다른 사람의 사진을 제시하지는 않았을 것이다.

그 증명사진에서 잘 아는 얼굴이 보였다.

“예……?”

릴리가 침을 삼켰다.

"잠시만요! 그 여성은 지금—."

클라우스는 수긍했다. 그리고 웨르타가 득의양양하게 했던 발언을 떠올렸다.

『상부에서 이미— 이 여자의 사살 허가가 떨어졌어.』

만약 소녀의 실종이 이 여성과 관련 있다면 웃을 수 없는 일이다.

4장 결렬

티아는 떠올렸다.

『시체』와의 싸움— 소녀들의 역할은 그저 도망치는 것이었다.

거물 정치가를 암살하기 위해 나타난 시체를 찾아내 클라우스에게 무선으로 보고. 그가 도착할 때까지 감시. 들키면 도주. 하지만 완전히 달아나선 안 된다. 그러면 시체도 무관계한 국민을 살육하고 모습을 감춰 버릴 테니까.

직접 싸우지는 않지만 꽤 위험한 역할이었다.

최초로 시체와 접촉한 사람은 티아였다.

호화로운 별장이 늘어선 피서지 한편에서 시체의 모습을 쌍안경으로 포착했다.

'……선생님이 예측한 대로야. 역시 이곳에 왔어.'

별장에 체재하는 정치가를 노리고 있을 것이다.

초조함과 함께 환희의 감정이 솟구쳤다. 자신이 찾아냈다는 공명심.

그러나 그 마음은 곧바로 날아갔다.

—시체가 돌아보았기 때문이다.

심장이 크게 고동쳤다.

'말도 안 돼……. 200m 이상 떨어져 있는데.'

방심했다. 클라우스도 이 거리에서 눈치챘었다. 그 사실을 깜빡했다.

시체는 티아 쪽으로 달려왔다. 두 사람 사이에는 가로수와 별장 등의 장애물이 있었지만 시간을 벌어 주지는 않았다. 그것들을 발판처럼 박차서 가속해 왔다.

—자신을 붙잡아 정보를 캐낼 셈이다.

티아도 도주를 개시했다.

머릿속에는 동료의 공작이 입력되어 있었다. 에르나에게서는 무너지기 쉬운 벼랑과 벽에 관한 정보를, 아네트에게서는 사전에 설치한 함정에 관해 들었다.

하지만 시체 또한 실력자였다.

에르나가 예상한 대로 무너진 토사도, 아네트가 설치한 폭탄도, 놀듯이 피했다.

"약하네."

티아는 순식간에 따라잡혀 시체와 대치했다.

시체처럼 야윈 남자였다. 얼굴에 살이 거의 없고, 눈구멍이 부조처럼 툭 튀어나와 있었다. 그 건강하지 못한 생김새는 죽음을 상기시키셔 티아를 떨게 만들었다.

반사적으로 한 발짝 뒷걸음질 치고 말았다.

"거기서 물러나는구나."

시체가 비웃었다.

"한심해."

티아는 입술을 깨물었다.

그의 말이 맞았다. 별장을 둘러싼 벽돌 외벽 때문에 원래부터 도망칠 곳 따위 없었다.

"아아, 지루해. 정말로 나와 싸울 수 있는 녀석이 없어. 간단히 죽일 수 있는 잔챙이뿐이야."

그는 단검을 들고 다가왔다.

티아의 특기를 쓸 만한 상황은 아니었다. 에르나와 아네트의 특기도 통하지 않았다.

총을 들었지만, 다리가 후들거려서 제대로 조준할 수 없었다.

유일하게 시체에게 맞설 수 있었던 사람은—.

"우와, 얼굴 극혐."

그런 건방진 말과 함께 별장 지붕에 나타난 모니카였다. 곧장 발포했다.

시체는 반사적으로 옆으로 뛰고 모니카 쪽을 돌아보았지만—.

도탄(跳彈).

모니카가 쏜 총알은 외벽에 튕겨 후방에서 시체를 덮쳤다. 도발하여 시선을 유도하고 벌인 비범한 신기였다.

"……흐음, 넌 제법이네."

총알은 시체의 어깨를 스치는 데 그쳤다. 어째선지 시체는 도탄을 알아차린 듯했다.

총알을 반사시켜서 적을 공격한 모니카도, 그걸 피한 시체도, 티아의 이해 범주를 벗어나 있었다.

"설마 적에게 칭찬받을 줄이야."

지붕 위에서 모니카가 목덜미를 쓸었다.

"재능은 인정하지만."

시체는 어느새 권총을 쥐고 있었다.

"허술해."

시체의 속사가 모니카를 덮쳤다. 엄청나게 빨랐다. 시체는 총을 드는 기색도 보이지 않았고 조준을 맞추는 동작도 없었다. 군더더기가 전혀 없는 세련된 암살술이었다.

"윽!"

모니카는 아슬아슬하게 피하고 벽돌 굴뚝에 몸을 숨겼다.

"안타깝지만 지금 네 실력으로는 날 당해 낼 수 없어. 나를 쓰러뜨릴 수 있는 사람은 『화톳불』뿐이야."

음울한 목소리였다.

"허무해. 제자에게 연락을 받았어. 화톳불은 여기 없지? 우베 아펠이라는 정치가의 저택에 있다고 들었어. 나는 그저 슬퍼. 죽고 싶어져."

시체는 아쉽다는 듯 고개를 가로저었다. 거짓 정보를 믿고 있는 모양이었다.

굴뚝 뒤로 보이는 모니카의 얼굴에는 도발적인 웃음이 떠올라 있었다.

"흐응. 그레테도 잘하고 있잖아."

"뭐?"

"위를 봐."

모니카가 손을 들어 공중을 가리켰다.

얼떨결에 시체가 고개를 위로 들었을 때—.

"옆이다."

검은 그림자가 야수 같은 속도로 강습하여 시체의 얼굴을 힘껏 걷어찼다.

클라우스였다.

알아볼 수 없는 속도로 달려와 아름다운 하이킥을 시체에게 먹였다. 시체의 몸은 가볍게 날아가 벽돌 벽에 처박혔다.

"화톳불!"

시체가 피를 토하고서 고함쳤다.

"몇 년이나 애타게 기다렸지. 내 라이벌이 될 만한—."

그는 자세를 추스르기 전에 총구를 클라우스에게 겨누고 있었다. 아까와 똑같은 신속한 속사였다. 2m도 안 되는 매우 가까운 거리에서 총알이 날아왔다.

키잉, 날카로운 금속음이 울렸다.

클라우스는 단검을 들고 있었다. 다친 것처럼 보이지는 않았다.

"어……?"

멍하니 있는 시체의 옆통수에 두 번째 발차기가 꽂혔다.

시체는 의식을 잃었는지 지면에 털썩 누웠다. 눈을 까뒤집고 있었다.

티아는 떠올렸다. 총알을 튕기는 기술— 그러고 보니 클라우스의 스승인 기드도 칼로 총알을 튕겼었다. 당연히 클라우스도 습득한 모양이다.

「……그렇게 대처하면 되는구나」 하고 모니카가 조금 분한 듯 중얼거렸다.

클라우스는 태연한 얼굴로 손을 털었다.

"—극상이야. 잘 살아남았어."

"바로 해치워도 됐던 거야?"

모니카가 지적했다.

"방금 그 녀석 이것저것 중얼거리던데? 『라이벌』이라느니 『운명의 상대』라느니 어쩌고저쩌고."

"멋대로 그리 간주해도 말이지."

클라우스는 귀찮다는 태도로 시체를 내려다보았다. 이해할 수 없는 것 같았다.

별장 뒤편에서 아네트와 에르나가 얼굴을 내밀었다. 둘이서 사이좋게 여행용 캐리어를 옮기고 있었다.

그것을 받은 클라우스는 시체의 몸을 접어서 캐리어에 밀어 넣었다.

"……안 죽여?"

티아가 끼어들었다.

임무 내용은 암살이었을 터. 옮기고 나서 죽이는 건가.

"가르쳐 주기로 할까."

클라우스는 캐리어를 난폭하게 닫았다.

"이 녀석 같은 성가신 상대에게는 암살 명령이 떨어지지만, 제일 좋은 건 생포야. 우수한 스파이일수록 귀중한 정보를 가지고 있지. 이 녀석은 전문 팀으로 넘어가서 심문받을 거다. 자백제를 먹일 거고, 필요하다면 고문도 받겠지."

"고문……."

"기억해 둬. 붙잡힌 스파이의 말로는 죽음보다 깊은 어둠이야."

클라우스의 눈은 얼음장처럼 차가웠다. 평소에 보여 주지 않는 스파이의 엄격함이었다.

티아의 피부가 오싹해졌다.

"희망 따위 없어. 정신이 마모되어 마음이 망가지거나, 고문을 견디지 못하고 목숨을 잃거나. 이중 스파이를 지원하면 간혹 살아남을 수 있지만—."

클라우스는 낮은 목소리로 말을 남겼다.

"배신자는 동포에게 살해당해."

그건 분명 경고였을 것이다.

앞으로 외국에서 활동할 때 붙잡히지 말라는 으름장.

설마 그 말이 다른 형태로 자신에게 박힐 줄은 생각도 못 했다.

◇◇◇

"마틸다 씨를 육군에 넘겨야 하잖아?"

모니카의 말을 듣자 클라우스의 가르침이 티아의 머릿속을 스쳤다. 포박당한 스파이의 말로. 기다리는 모진 고초.

몸이 움직였다.

모니카에게서 수화기를 뺏고 전화기 코드를 뽑았다.

“너! 네가 무슨 짓을 하고 있는지 알아?!”

“내가 묻고 싶어. 너야말로 이해하고 있어?”

고급 호텔의 한 방에서 티아와 모니카는 서로를 노려보았다. 옆에서 에르나와 아네트가 말없이 바라보고 있지만 배려할 여유는 없었다.

티아는 모니카의 멱살을 잡았다.

“마틸다 씨를 신고할 셈이야?!”

모니카의 표정은 태연했다.

“당연하지. 그 사람은 이 나라에 숨어든 스파이야. 우리의 적이라고.”

“아네트의 엄마야!”

“그게 면죄부가 된다는 거야?”

모니카의 정확한 판단이 원망스러웠다.

그랬다. 가르가드 제국은 스파이를 이용해 이 나라를 침략하고 있다. 최근까지도 잔인한 암살자 『시체』가 이 나라에서 활동했었다. 마틸다 또한 이 나라를 위협하는 존재일지도 모른다. 자신들은 그것을 막을 사명이 있다.

하지만—.

뒤돌아 아네트의 표정을 확인했다. 아네트도 경악한 것 같았다.

평소의 웃음은 사라지고 눈을 동그랗게 뜬 채 굳어 있었다.

"빠르든 늦든 아네트한테는 가르쳐 줘야 했어."

티아의 사고를 읽은 것처럼 모니카는 웃었다.

"여기서 알렸다고 비난하는 건 엉뚱한 트집이야."

모니카는 티아에게서 벗어나듯 몸을 굽히고 발을 걸었다. 티아는 낙법조차 취하지 못하고 바닥에 넘어졌다.

"냉정해져."

모니카는 옷깃을 정돈했다.

"일단 클라우스 씨에게 상담할 뿐이야. 부하로서 당연한 행동이잖아? 비난받을 이유는 없어."

"하지만, 그건……."

아무런 위안도 되지 않는다.

그저 문제를 떠넘기는 것이다.

"만약 선생님이 명령한다면 마틸다 씨를 체포하겠다는 거야?"

"그렇겠지. 우리가 움직일 필요도 없어. 어디 있는지 육군에 알리면 돼."

"엄마가 고문 끝에 죽을지도 모르는데, 그걸 아네트보고 받아들이라는 거야?"

"그렇다만?"

가볍게 말하는 모니카의 태도에 머리가 부글부글 끓는 듯한 격정에 사로잡혔다.

어째서 모니카는 이토록 남의 속을 긁는가.

뭔가가 사람으로서 결정적으로 잘못됐다.

그 충동이 이끄는 대로 말을 던지려고 했을 때, 다른 목소리가 들렸다.

"분명…… 분명히!"

에르나였다.

울 것처럼 눈썹을 찡그리고 있었다.

"분명 선생님이라면 멋진 해결책을 떠올릴 거야. 언니들이 싸우지 않아도 될 아이디어를 생각해 낼 거야."

"오, 에르나가 좋은 말을 했네."

모니카가 손뼉을 쳤다.

"맞아. 훌륭해. 클라우스 씨잖아. 우리는 생각 못 할 완벽한 결론을 도출해 주겠지."

"멋대로 말하지 마!"

참을 수 없어서 티아는 호통쳤다.

에르나의 어깨가 움찔했다.

"근거 따위 어디에도 없다는 거, 두 사람 다 알잖아?"

가능성이야 물론 있다.

모두가 납득할 결론을 클라우스가 찾아내 준다. 이 얼마나 편한 미래인가.

하지만— 아니라면?

시체를 내려다보던 클라우스의 냉담한 눈이 떠올랐다.

물론 티아는 클라우스가 동료를 아낀다는 것을 안다. 그러나 스파이로서 올바른 행동은 붙잡힌 스파이를 가차 없이 심문하는 것이다.

마틸다를 살릴지 죽일지— 클라우스의 판단은 알 수 없다.

지금까지 『등불』에서 이토록 섬세한 문제에 직면한 적은 없었다. 결론이 예상되지 않았다.

섣불리 클라우스를 의지할 수 없었다.

"그럼 어쩌려고? 못 본 척해?"

모니카가 조롱하듯 웃었다.

"그것도 좋지. 지금 상황을 보면 내버려 둬도 육군이 구속할지 몰라."

"윽!"

모니카가 지적한 대로, 거리에서는 무수한 육군이 눈을 빛내고 있었다.

구속되는 것은 시간문제다. 스파이를 다루는 방식은 대외정보실이나 육군이나 다르지 않을 터다. 마틸다는 고문 끝에 죽는다.

"네가 물러 터진 망언을 또 꺼내기 전에 경고해 둘게."

모니카가 말했다.

"만약 마틸다를 원조한다면 그건 조국을 배신하는 것. 즉, 『등불』을 배신하는 거야."

"……읏."

"뭐, 제일 먼저 확인해야 할 상대는 다른 사람인가."

모니카는 우물거리는 티아에게서 시선을 돌려 말 없는 소녀를 바라보았다.

“아네트, 당연히 이해하고 있지?”

지목당한 아네트는 가면 같은 무표정으로 서 있었다.

“나님은…….”

아네트의 입술이 움직였다.

“나님은…….”

뭔가를 말하려고 했다. 하지만 그 이상 말이 이어지지 않는 것 같았다.

차마 볼 수 없었다.

모니카는 잔혹한 결단을 강요하고 있었다. ―엄마를 버릴 각오는 되어 있느냐고.

“그만해.”

티아는 아네트 앞에 섰다.

“정론이라는 건 인정해. 하지만 이건 폭력이야. 방금 알게 됐는데『네, 그렇죠』하고 말할 수 있겠어?”

“그럼 아네트를 봐서 하루 유예를 줄게.”

모니카는 재미없다는 듯 한숨을 쉬고서 나갈 채비를 하기 시작했다.

정보를 수집하러 가려는 것이다. 분위기를 파악하고 자리를 비켜 주는 상냥한 성격은 아니었다.

“하지만 내일 밤에는 연락할 거야. 그게 제한 시간이야.”

이튿날 밤에는 거점으로 귀환할 예정이다. 모니카가 말한 대로 그게 기한이었다.

“티아, 아네트. 부디 스파이로서 올바른 선택을 하길.”

모니카가 마지막으로 남긴 말에는 목을 훑어 내리는 듯한 싸늘한 감각이 있었다.

“배신자라고는 하지만 동료를 처리하는 건 마음이 아프니까.”

그것은 처음으로 동료가 보낸— 살기였다.

◇◇◇

모니카가 떠난 방에서 티아는 한숨을 쉬었다. 근처 의자에 앉아 고개를 숙였다.

‘왜 이렇게 됐을까…….’

실수한 기억은 없다.

열심히 했다. 아네트와 마틸다를 만나게 한 것은 아네트가 행복하길 바랐기 때문이기도 하지만 『등불』을 위한 타산도 있었다. 스파이로서 긍지를 가지고, 동경하는 사람이 사랑했던 나라를 지키려고 최선을 다했다.

그런데 자신이 배신자? 아주 웃기는 일이다.

‘왜 모니카는 늘 나보다 우위에 서 있는 거야…….’

아니, 이 짜증은 질투인가.

추한 화풀이다. 하지만 느끼지 않을 수 없었다.

어째서 팀을 위해 진력하는 자신보다 표표한 모니카가 더 요령 좋게 사는 걸까.

티아는 잡념을 털어 내고 중얼거렸다.

"……아네트."

자신이 듣기에도 피로가 짙게 배어나는 목소리였다.

"모니카의 말도 사실이야. 이건 아네트의 문제야. 선생님에게 상담하는 것도 좋겠지. 하지만 그러면 마틸다 씨와 다시는 못 만날 수도 있어. 너는 어쩌고 싶어?"

아네트의 행복을 결정하는 사람은 아네트 자신이어야 한다.

그 생각은 지금도 변함없었다.

"나님은……."

아네트는 입을 열었다. 역시 평소와 같은 기운은 없었다.

"……한 번 더 마틸다 씨와 만나고 싶어요."

아네트의 대답을 듣고 티아는 자신의 판단에 자신감을 되찾았다.

『모르겠어요!』 『어느 쪽이든 좋아요!』 같은 대답이었다면 낙담했을 것이다.

—아네트의 마음에 뭔가가 싹텄다.

마틸다와의 재회는 불운이 아니다.

"응. 그럼 내일 아침에 한 번 더 만나자."

아네트의 머리를 쓰다듬고 상냥하게 미소 지었다.

마침내 기분이 진정되기 시작했다.

방구석에서 떠는 에르나에게 「아까는 고함쳐서 미안해」 하고 머리를 숙였다.

“티아 언니…….”

하지만 에르나가 두려워하는 요인은 따로 있는 듯했다.

울 것 같은 눈은 미래를 예상했기 때문일까.

“만약에 아네트가 엄마를 돕고 싶다고 하면, 어쩔 거야……?”

티아는 입을 닫았다. 아무 대답도 할 수 없었다.

◇◇◇

마틸다가 머무는 곳은 그다지 칭찬할 만한 구석이 있는 시설은 아닌 것 같았다.

조사한 바로는, 외국에서 온 여행객의 여권도 확인하지 않고 체재 이유도 추궁하지 않는 듯했다. 숙박비를 선불로 받고 이후로는 관여하지 않았다. 사연 있는 자가 묵는 그런 시설이었다. 이런 곳에 있으면 육군이 알아내는 것도 시간문제다.

분명 모니카는 호텔 연락처를 보고 알아차렸을 것이다. 마틸다의 비밀을.

호텔에 전화해서 마틸다를 해변으로 불러냈다. 이른 아침, 돌바닥으로 정비된 예쁜 산책로. 조깅하는 사람을 제외하면 통행량은 적었다.

티아와 아네트는 약속 시간보다 훨씬 일찍 나가서 쌍안경으로 항구를 관찰했다.

"항구에 많은 군인이 있는 게 보여요!"

평소처럼 순진하게 웃으며 아네트가 보고했다. 하룻밤 자고 기운을 되찾은 듯했다.

"역시 항구도 봉쇄된 모양이구나……."

스파이 한 명을 잡으려고 한다기에는 굉장히 규모가 컸다.

마틸다는 위협적인 스파이인 걸까. 아니면 그냥 군인이 용쓰는 걸까.

계속 생각하고 있으니 마틸다가 왔다.

"앗, 티아 씨. 안녕하세요."

"……응?"

마틸다가 허리를 숙여 인사한 순간, 아네트가 의아한 표정을 지었다.

무슨 일인가 싶어서 보니 아네트는 배에 손을 올리고 신음했다.

"나님, 배고파요! 나중에 빵집에 가고 싶어요!"

단순한 허기였던 모양이다. 티아는 아네트의 제안을 받아들였다.

아네트가 앞장서서 산책로를 걷고, 살짝 뒤에서 티아와 마틸다가 쫓았다.

"저기, 여러분은 오늘 학교로 돌아가는 거죠?"

마틸다가 물었다.

"딸을 잘 부탁드려요. 저도 일을 정리하면 찾아가 볼게요."

부드러운 태도로 머리를 숙였다.

마틸다가 말하는 일이란 어떤 의미일까.

두려운 마음이 들지만 도망칠 수는 없다. 주먹을 움켜쥐고 자신을 고무시켰다.

에둘러 질문을 거듭할 시간은 남아 있지 않았다.

"단도직입적으로 말할게요. 아니, 이제 존댓말은 안 쓸게. 지금부터는 대등하게 이야기하고 싶어."

티아는 마틸다를 응시했다.

"내 친구가 당신의 여권을 찾았어. 마틸다가 아닌 다른 명의였어."

"—예?"

"가르쳐 줘. 당신, 혹시 타국의 스파이야?"

마틸다의 얼굴이 파래졌다. 정곡을 찌른 모양이다.

그리고서 퍼뜩 놀란 얼굴로 좌우를 둘러보았다.

"걱정하지 마. 신고할 마음은 없어."

적어도 아직은 그렇다는 본심을 삼켰다.

"다만 나는 당신의 본심을 듣고 싶어."

군인은 역과 항구에 모여 있고 그 중간인 해변 산책로에는 없었다.

차분하게 대화하기 위해 이곳을 선택했다.

"가르쳐 줘. 마틸다 씨, 당신은 뭐 하는 사람이야?"

"티, 티아 씨야말로 뭐 하는 사람인가요?"

"얼버무리지 마. 우선 내 질문에 대답해."

"……짐작하신 대로예요."

포기한 것처럼 마틸다는 한숨을 쉬었다.

"저는 가르가드 제국의 스파이예요. 딸 앞에서 가명을 쓸 수 없어서 마틸다라는 본명을 밝혔어요. 4년 전에 딸과 헤어진 것도 사실이에요."

말하기를, 원래 마틸다는 제국의 기술자였다고 한다. 하지만 남편을 먼저 떠나보내고 딸을 키울 수입이 사라지자 부업으로 스파이에 지원했다. 타국의 기계 메이커에 고용되어, 타국에 잠입 중인 스파이에게 자금을 전달하는 역할을 맡았다.

"혼자서 행동하는 것보다 딸이 함께 있으면 의심을 사지 않았어요. 하지만 설마 외국에서 철도 사고에 휘말릴 줄은 몰랐어요……."

"직장에 아네트를 데려갔다는 건 그런 의미였구나."

"네. 그 후 저는 딸이 죽은 줄 알고 무기력하게 살았어요. 흘러가는 대로 스파이 활동을 계속했어요. ……그래서 파멸하는 거겠죠."

마틸다는 자조적으로 웃었다.

"업무 도구를 도둑맞아 허둥대는 사이에 육군이 포위해서 이 꼴이에요."

적대하는 입장이긴 하지만 너무 운이 나빴다.

"저기, 하지만 티아 씨. 오해하지 않으셨으면 해요."

"응. 뭘 말이야?"

"확실히 거짓말하긴 했지만, 저 아이와 재회했을 때 기적이라고 생각했다는 얘기는 진실이에요. 딸을 맡고 싶다는 마음도 본심이고요."

"……정말로? 당신이 사랑하는 딸과 지금 여기 있는 아네트는 다른 사람 아니야?"

티아는 일부러 심술궂게 물었다.

"아네트는 기억을 잃었어. 4년이라는 세월도 흘렀지."

"아뇨, 세월 같은 건 관계없어요."

마틸다는 미소 지었다.

"—저 아이는 변하지 않았어요. 조금 성격이 달라도, 기억이 없어도, 내 딸이에요."

마틸다는 앞서 걷는 아네트에게 부드러운 시선을 보냈다.

아네트에게도 마틸다의 말이 들렸을지도 모른다. 머리가 흠칫 움직였다.

마틸다는 작게 웃었다.

"약속할게요. 본국에 돌아가면 저는 스파이를 그만두겠어요. 딸과 함께 평화롭게 살 거예요. —두 번 다시 헤어지지 않도록."

티아는 손끝을 비비며 감정을 추스르고자 했다.

행복한 일이다. 바람직한 일일 터다. 기억도 태생도 잃은 아네트가 엄마의 애정을 받으려고 한다. 심란한 것은 마틸다가 제국의 스파이이기 때문일까—.

딱 하나 확인하고 싶었다.

"하지만 당신, 애초에 무사히 귀국할 수 있어?"

"그건……."

마틸다는 폐의 공기를 모조리 토하듯 큰 한숨을 쉬었다.

"……어쩌면 좋을까요?"

"당신, 스파이로서 문제 있는 것 같은데……."

"저는 그저 운반책이고 사람도 죽인 적 없는 미숙자예요……. 도와달라고 본국에 몇 번이나 요청했지만 무시당하고 있어요……. 아무래도 버려진 것 같아요."

체념으로 가득 찬 공허한 중얼거림이었다.

"실은 이제 남은 시간도 없어요. 내일, 모 아니면 도라는 심정으로 도박에 나설 예정이에요. 이대로 있다가는 육군에게 발각될 테니까요."

마틸다는 주먹을 꽉 움켜쥐었다.

"하지만 저 아이와 함께 사는 미래가 기다리고 있다면 힘낼 수 있어요."

"……그래."

티아는 매가리 없이 대답했다.

식욕이 없다고 주장하며 티아는 빵집에 들어가지 않았다. 밖에 있는 벤치에 앉아 혼자서 한숨을 쉬었다. 모녀가 사이좋게 빵을 고르는 광경을 멀리서 바라보았다.

티아는 자신의 무릎이 떨리고 있다는 것을 알아차렸다.

두려운 것이다. 자신이 저지르려고 하는 잘못이.

'마틸다 씨가 못된 사람이라면 좋았을 텐데……. 그렇게 생각하는 건 최악이겠지…….'

사면초가다. 이대로 있으면 마틸다는 고문당하고 죽는다.
하지만 자신이 마틸다를 도우려 한다면—.
'그러면 나는 모니카에게 살해당하겠지……. 배신자로서.'
—멤버의 다름이 팀의 열쇠다.
클라우스가 한 말이다. 아니, 『홍로』가 한 말이라고 했던가.
'거짓말이야……. 가치관이 전혀 다른 인간이 있으면 팀은 무너질 뿐이야.'
대체 그 붉은 머리 스파이는 무슨 생각으로 그렇게 말했을까.
'어떻게 해야 해? 홍로 씨…….'
새삼 떠올렸다.
자신의 우상, 그리고 클라우스를 이끈 『화염』의 보스를—.

◇◇◇

소녀는 어느 신문사 사장의 딸이었다.
산업 혁명 때부터 100년 이상 번창해 온 대기업이었다. 딘 공화국에서는 두 번째로 역사가 오래되었으며 보수파 지식인층을 중심으로 지지받고 있었다. 전후, 공격적으로 개혁을 요구하면서 세를 키우는 좌파를 비난하며 활발한 의론을 낳는 데 일조했다.
그래서 유괴당했다. 소녀가 열한 살일 때였다.
신문은 라디오와 쌍벽을 이루는 대형 미디어다. 소녀의 부모는 여론을 바꿀 만한 신뢰를 쥐고 있었다. 외국의 스파이가 딸을 노릴 이유로는 충분했다.

그리고 절망을 맛보았다.

유괴당한 소녀는 2주 이상 감금당했다. 우리에 든 동물 같은 취급을 받았다. 옷이 벗겨져 속옷 한 장을 입은 채 차가운 바닥에 쓰러졌다. 방에는 이취가 진동했다. 구석에 있는 양동이에 배설물을 싸는 탓이었다. 처음에는 소녀의 몸을 보고 상스럽게 웃던 배식 담당도 기피하는 눈길을 보내며 하루에 한 번, 빵과 물을 던져 넣기만 했다. 2주간 씻지 않은 몸은 아주 더러워 보였을 것이다.

—죽고 싶다.

금이야 옥이야 자란 소녀에게는 견디기 힘든 고통이었다.

방 밖에서 생소한 언어가 들려왔다. 외국으로 납치된 듯했다. 자국의 경찰이나 군인이 도와주러 올 가망은 없었다. 이곳은 이미 조국의 권력이 미치지 않는 땅이었다.

—다 끝났다.

눈물조차 모두 말라 버렸을 무렵, 밖에서 누군가의 시선이 느껴졌다. 대화가 들렸다. 소년과 여성 같았지만 잘 들리지 않았다. 그게 무슨 대수일까. 어차피 자신은 죽을 텐데. 그저 눈을 감았다.

직후, 굉음이 울렸다. 세상을 송두리째 뒤집는 듯한 폭력의 소리였다.

아연해졌다.

잠시 후 문이 열렸을 때, 붉은 머리 여성이 서 있었다. 흔들리는 긴 머리는 강렬한 색과 어우러져서 마치 불꽃처럼 느껴졌다. 연령

미상의 아름다운 여성이었다.

"—헉."

소녀가 경악한 것은 그 여성의 존재 때문만은 아니었다. 여성의 뒤로 보이는 참상.

남자 열 명이 무참히 죽어 있었다.

소녀를 감금한 남자들은 전원 안면이 부서져 있었다. 압도적인 무력에 유린당한 것이다. 리더로 보이는 남자의 머리에는 쇠지레가 꽂혀 있었다.

『네가 ——니?』

붉은 머리 여성이 말을 걸어왔다.

처참한 현장에 서 있는데도 그녀의 몸에는 피가 하나도 튀지 않았다. 자연스럽게 공포는 느껴지지 않았다.

소녀는 작게 고개를 끄덕였다.

『응. 지금 내 동료가 적의 은신처에 쳐들어갔어. 분명 유괴를 주선한 흑막이 있을 터. 판명될 때까지 널 숨길 거야.』

침묵.

『말을 못 하니?』

고개를 끄덕였다.

『그래. 유괴당한 충격 때문이려나.』

고개를 끄덕였다.

『뭐든 좋으니 머릿속으로 문장을 떠올려 보렴.』

—이 사람은 무슨 소릴 하는 걸까.

『이 사람은 무슨 소릴 하는 걸까— 그런 표정을 짓고 있어. 맞니?』

—어?

『다행히 비슷한 경험은 있거든. 몇 년쯤 전에 읽고 쓰기도, 대화도 못 하는 소녀를 동료가 거둬서 말이야. 처음 만나고 얼마간은 표정을 보고서 의사소통했어.』

—그랬구나.

『뭐, 너무 오냐오냐한 결과, 지금도 그 아이는 대화를 어려워하지만.』

신기한 여성이었다. 극한 상태에 있었는데 자연스럽게 긴장이 풀렸다.

『…….』

붉은 머리 여성도 신기하다는 얼굴로 소녀를 바라보았다.

『우리는 직업상 표정을 읽는 게 특기지만, 너도 뭔가 특별한 힘을 가지고 있지 않니?』

—역시 아는구나.

—마주 보면 남의 마음을 조금 읽을 수 있어.

『흐응, 정말 굉장하다.』

—하지만 별로 안 써. 기분 나쁘게 여기니까.

『그렇다면 내 마음을 읽어 볼래?』

—그래도 돼?

『궁금하지 않아? 어떤 사람인지.』

붉은 머리 여성은 소녀 앞에 쭈그려 앉아 시선을 맞췄다. 소녀의 몸은 불결했을 텐데도 그녀는 전혀 거리끼지 않았다.

3초간 마주 본 후, 아연실색한 사람은 소녀 쪽이었다.

—마음이 아주 깨끗해.

『그래? 기쁘다.』

소녀가 감지한 것은 사람들을 생각하는 한없이 순수한 야망이었다.

—당신은 뭐 하는 사람이야? 어째서 달려올 수 있었어?

붉은 머리 여성은 옅게 미소 지었다.

『나는 스파이야. 너를 지키기 위해서라면 뭐든 할 수 있어.』

그것이 후에 티아라는 이름을 얻는 소녀와 『홍로』의 만남이었다.

소녀는 안전한 집으로 옮겨져 열흘쯤 여성과 함께 지냈다.

그녀에게는 동료도 몇 명 있는 것 같았지만 어째선지 소녀 앞에는 모습을 보이지 않았다. 방 밖에서 싸우는 소리는 들렸으니 여럿 있을 텐데 결코 티아를 찾아오지는 않았다. 붉은 머리 여성이 도맡아서 돌봤다.

소녀가 심심해하면 찾아와서 스파이 이야기를 들려줬다.

기밀 정보여도 그녀는 기탄없이 이야기했다. 그림자 전쟁, 『화염』이라는 조직, 도전했던 임무, 3년 전에 가입한 과묵한 소년이 얼마나 빨리 성장했는지.

티아의 질문에도 잘 대답해 줬다. 붉은 머리 여성은 티아가 전혀 말하지 않아도 질문 내용을 헤아리는 능력까지 가지고 있었다.

—당신은 왜 스파이로 일해?

붉은 머리 여성은 입가에 손을 대고 잠시 고민한 후 중얼거렸다.

『전쟁을 다음 단계로 넘기기 위해서려나?』

—잘 모르겠어.

—전쟁은 끝난 거 아니야?

『아니, 전쟁은 끝나지 않아. 싸움이 인류사에서 사라지는 일은 없어. 투쟁은 생물의 숙명이거든. 하지만 인류는 전쟁의 모습을 바꿀 수 있어.』

—바꿔?

『규칙이 바뀌는 거야. 전쟁은 어떤 규칙하에 이루어지는 게임 같은 측면이 있어. 인류사는 그 규칙 개정의 반복이야. 영토라는 개념이 생기며 국경이 생겼지. 주권 국가가 생겨났어. 조약이 생겨났어. 국제법이 생겨났어. 그 틀 안에서 인류는 투쟁을 반복해.』

—뭔가 스포츠 같아.

『너무 간단히 통틀어 버리는 건 전쟁 희생자에게 실례지만, 네 말이 맞아. 투쟁에 지친 인류는 새로운 규칙을 정해. 세계 대전은 끝나고 스파이에 의한 전쟁이 시작됐어. 언젠가 이 전쟁도 모습을 바꾸겠지. 싸우고, 싸우고, 싸우고, 싸우고, 싸우고, 끝까지 싸운 끝에 말이야.』

붉은 머리 여성은 입술을 핥았다.

『반대로 스파이가 싸우기를 그만두면 살육과 학살의 시대로 돌아가 버려.』

—싸움을 그만두면 세계 대전이 한 번 더 일어나?

『그걸 저지하는 것이 내 역할이지.』

—굉장하다. 세계를 구하는 거구나.

『응. 나는 사실 스파이가 아니라 히어로가 되고 싶었어.』

—히어로?

『스파이는 자국민만 구할 수 있는걸. 히어로는 더 많은 사람을 구하잖아?』

그 자랑스러워하는 목소리를 듣고 소녀는 어느새 중얼거리고 있었다.

자신의 성대를 진동시켜서—『나도 당신처럼…… 되고 싶어』 하고.

『어머, 목소리가 돌아왔니?』

붉은 머리 여성은 눈을 가늘게 떴다.

『혹시 내 말투를 흉내 냈어?』

—당신 말투라면 목소리를 되찾을 수 있을 것 같았으니까.

—이러면 당신에게 다가갈 수 있어……?

『…….』

놀리는 것 같다고 화낼까.

붉은 머리 여성은 깊이 고개를 끄덕이고 머리를 쓰다듬어 줬다.

『너라면 나를 뛰어넘을 수 있을 거야.』

그녀의 입술이 말을 자아냈다.

『그렇다면 아주 잠시지만 내가 직접 지도해 줘야겠지.』

소녀는 그 손의 온기를 느끼느라 정신이 없었다.

◇◇◇

과거의 한때를 떠올리고 티아는 자연스럽게 미소 짓고 있었다.

'지금 생각하면 그저 상냥하기만 한 게 아니라 조금 과격한 사람이었던 것 같기도 해…….'

성장한 지금도 티아는 그녀의 사상을 전부 이해하지는 못했다. 싸움이라고 그녀는 강조했다. 사람을 사랑하면서도 때로는 살인도 서슴지 않았다. 하지만 밑바탕에는 더 많은 사람을 구하겠다는 야망이 있었다. 그 모순과 어떻게 마주해 왔는가.

그녀를 생각하면 동경하는 마음이 들었다.

이상을 위해 큰 책임을 짊어지고 돌진하는 모습을 동경한다.

상냥함이나 허울 좋은 말만으로는 세계를 바꿀 수 없다. 자신에게는 없는 용맹함.

"티아 누님!"

추억에 잠겨 있다가 정신이 들고 보니 눈앞에 아네트가 있었다.

마틸다와 대화를 끝낸 듯했다. 멀리서 티아를 향해 손을 흔들고 떠나는 마틸다의 모습이 보였다. 벌써 모녀간의 시간이 끝났나.

"나님이 주는 상이에요!"

아네트가 티아의 입에 뭔가를 넣었다.

초코 페이스트리인 것 같았다. 빵집에서 테이크아웃한 모양이다.

"누님에게는 고마운 마음이 있어요. 나님이 칭찬해 줄게요!"

질식할 것 같아서 페이스트리를 억지로 삼켰다.

“고마워……. 그렇게 말하는 걸 보면 잘 얘기 나눴나 보네.”

“누님 덕분이에요!”

아네트는 기뻐하며 티아 옆에 앉았다. 작아지는 마틸다의 뒷모습을 여전히 눈으로 좇고 있었다.

“있지, 아네트.”

“응?”

“실은 나도 부모님과 떨어져 지낸 시기가 있었어. 딱 4주였지만.”

물론 아네트의 사정과 비교하면 대단한 비극은 아닐 것이다. 『등불』에는 자신보다 처지가 불우한 소녀가 많이 있다.

하지만 그 고독의 공포는 가슴에 계속 박혀 있었다.

해방해 준 히어로의 빛이 가슴에 남듯이.

“그게 어쨌는데요?”

“아니, 아무것도 아니야.”

굳이 아네트에게 들려줄 이야기는 아니었다. 제 생각을 강요하는 짓이다.

아네트의 문제와 자신의 과거는 상관이 없다.

“그럼 답을 들려줘.”

티아는 아네트의 손을 잡았다.

“어쩌고 싶어? 마틸다 씨를 돕고 싶어? 아니면—.”

큰길에서 고함이 들렸다.

시선을 돌리니 긴급 차량과 경관이 달려가는 광경이 보였다.

‘……사건? 무슨 일이 일어났나?’

딱히 동요할 일은 아니었다.

이 도시에서는 흉악한 사건 따위 빈번히 일어났다.

"……!"

아네트가 눈을 크게 뜨고 있었다.

그 경악한 표정의 진의를 알아차리고 티아는 대답했다.

"괜찮아, 아네트."

자상하게 손을 문질렀다.

"마틸다 씨의 호텔과는 다른 방향이야."

"……."

"걱정되는 거지? 그래도 돼."

그 침묵으로 아네트의 답이 무엇인지 알았다. 마틸다를 버리는 짓은 할 수 없을 것이다.

티아는 아네트의 머리를 쓰다듬었다.

"너는 네가 생각하는 대로 행동하면 돼."

"누님은―."

일순 아네트의 말이 막혔다.

"어째서 나님을 위해 움직여 주나요?"

여러 대답이 머릿속을 스쳤다.

모니카도 자신의 행동에 매우 기막혀했었다.

동료라서? 동경이 있어서? 사회적인 통념을 따라서?

아니. 듣기 좋게 꾸민 그런 말로는 자신의 정동(情動)을 설명할 수 없다.

"널 보고 있으면 내가 그러고 싶으니까."

이 마음은 자신의 근원에서 샘솟는다. 결코 눈을 돌릴 수 없다.

"원하는 걸 말하렴. 내가 받아 줄 테니까."

아네트는 크게 숨을 들이쉬었다.

"나님, 엄마를 돕고 싶어요!"

외친 대답을 듣고 티아는 깊이 고개를 끄덕였다.

"응. 뒷일은 내가 어떻게든 할게."

아네트는 큰 결단을 내렸다. 열네 살 소녀가 짊어지기에는 너무 가혹한 선택을.

그러니까 여기서부터는 자신의 일이다.

이 꽉 막힌 악몽을 타파하자. 이상적인 히어로처럼 동료를 구해 내는 것이다.

◇◇◇

죽 늘어선 대형 호텔의 발치에 음식점이 밀집되어 있었다.

큰길 옆에는 화려한 레스토랑이 많지만 골목으로 들어가면 수상한 가게도 늘어난다. 들뜬 관광객을 노린 클럽부터 미심쩍은 약방. 길가에는 버려진 담배꽁초가 흩어져 있고 코를 찌르는 냄새가 감돌았다.

심야가 되어도 여전히 불 켜진 가게가 많았다. 점내에는 여자를 꼬시는 이도 있고, 불법 카지노에서 일생일대의 도박에 나서는 이도 있을 것이다.

그런 인간들에게 티아는 기묘한 공감을 느꼈다.

호텔을 빠져나와 모니카와 함께 길을 걸었다.

오늘 밤은 일류 호텔이 아니라 저렴한 숙박 시설에 묵었다. 몸을 숨기려는 이유도 있지만, 돈을 너무 많이 쓴 지갑 사정 때문이기도 했다. 심야에 길을 걷는 소녀를 의심스럽게 여기는 자는 없었다.

"어디까지 데려가려고?"

모니카가 노려보았다.

불과 10분 전에 그녀에게 위압당했었다.

호텔 침실에서 총구를 겨누고 『등불』을 배신할 거냐고 물었었다.

곤히 재운 에르나와 아네트를 깨울까 봐 모니카에게 장소를 옮기자고 제안했고, 두 사람은 인적 없는 방향으로 걷고 있었다.

이윽고 아무도 없는 골목에 도착했다.

미덥지 못한 불빛이 켜진 조명 밑에서 티아는 입을 열었다.

"—얘기를 나누자."

빌딩과 빌딩 사이에 있는 폭 2m의 골목이었다.

티아의 높은 목소리가 빌딩 벽에 반사되어 또렷하게 울렸다.

"……낙담했어."

모니카는 손을 하늘로 돌렸다.

"뭐, 네가 할 수 있는 일은 그 정도인가."

"나는 둘 다 틀리지 않았다고 생각해."

티아는 모니카와 마주하고서 말을 자아냈다.

"우리에게는 서로 양보할 수 없는 게 있고, 그걸 따르고 있어. 나는 규율을 어기더라도 구해야 할 사람은 구하고 싶어. 너는 예외를 인정하지 않고 조직을 위해 올바르게 행동하고. 맞지? 입장이 다를 뿐이야. 서로 존중하자."

"하고 싶은 말은 그게 다야? 그래서 뭐 어쨌다는 건가 싶은 수준인데."

모니카는 지루하다는 듯 고개를 꺾었다.

"그래서, 결단했어? 마틸다 씨를 신고할지, 팀을 배신할지."

자신에게 닥친 악몽의 양자택일.

전자를 택하면 아네트의 마음이 희생되고, 후자는 자신의 신세를 망친다.

둘 다 회피할 방법은 하나.

"또 다른 선택지."

"뭐?"

"간단한 얘기야. 널 굴복시키는 거야. 네 입만 막으면 우리는 마틸다 씨를 넘기지 않아도 되고, 내 배반은 표면화되지 않아."

티아는 고아하게 말했다.

"우리는 둘 다 옳아. 그렇다면 길은 하나야. —결투하자."

티아가 정한 길이었다.

—모니카를 쓰러뜨린다. 자신의 손으로.

만약 모니카가 결투를 거절한다면. 무시하고 덮치겠다.

물러나지 않겠다는 각오로 이곳에 와 있었다.

“50점.”

모니카는 입가를 일그러뜨렸다.

즐기고 있는 듯한 여유로운 표정이었다.

“좋은데, 티아. 처음으로 너를 높이 평가할게.”

모니카는 품에서 고무공을 꺼냈다. 구체 세 개를 오른손 손가락 사이사이에 끼우고 왼손에는 소도를 들었다.

“기습했다면 5점 추가였어. 정면으로 덤벼서 나한테 이기려고?”

모니카가 눈을 가늘게 떴다.

“선생님이 낸 시험을 통과한 건 누구 덕분이었지? 네가 덜덜 떨기만 했던 『시체』에게 맞설 수 있었던 사람은 누구였지? 마틸다 씨의 정체를 알아챈 사람은?”

“……네 실력은 알아. 그러니까 우선 얘기를—.”

“그런 여유가 허락되는 실력 차이가 아니라고, 조무래기야.”

“—윽.”

또래라는 생각이 안 드는 기백에 티아는 등골이 오싹해졌다.

‘……정말 적으로 돌리고 싶지 않았어.’

모니카의 저력은 표표한 성격이나 빼어난 능력뿐만이 아니었다.

모니카의 특기는— 불명이었다.

『등불』의 소녀들은 일점 돌파형. 독, 변장, 절도 등 일류 스파이도 흉내 낼 수 없는 스킬을 가졌다. 당연히 모니카도 특기가 있을 터다.

하지만 모니카는 그것을 밝히지 않았다.

동료에게는 밝히지 않았고, 어째선지 클라우스도 감추는 걸 인정하고 있었다.

그 예외가 받아들여질 만큼 모니카의 실력이 뛰어나다는 증좌지만.

"그럼 봐주지 않겠어."

티아는 미소 짓고 손가락을 딱 튕겼다.

동료 간의 결투가 시작되었다.

티아의 첫 공격은— 한 걸음 물러나 남자 뒤에 숨는 것이었다.

"미안해, 아가씨. 여왕님의 명령이라서."

"뭐?"

뒷골목에 우락부락한 남자가 두 명 등장했다.

모니카를 딱 가운데 두는 위치에 두 거한이 모습을 드러냈다. 티아가 낮에 교섭하여 부하로 만든 조력자였다. 직업은 갱단의 보디가드인 것 같았다. 남자들은 한 손에 쇠파이프를 들고서 천박하게 웃고 있었다.

"야, 너……."

모니카가 어이없다는 시선을 보냈다.

"내가 아는 결투는 남자 두 명을 불러서 적을 뭇매질하는 게 아닌데?"

"적당히 하는 게 허락되지 않는 실력 차잖아?"

"망할 색녀."

"칭찬으로 받아들일게."

모니카와는 격투로 맞붙을 수 없다.

그러니 온갖 책략을 다 쓰겠다. 티아는 남자의 등을 상냥하게 애무하며 속삭였다.

"잘 싸운 사람에게는 상을 줄 거야. 치이 군은 내가 보모가 되어 갓난아기에게 하는 말투로 얼러 줄게. 유우 군은 사흘간 신은 부츠로 온몸을 짓밟아 줄게. 잊지 마. 누구에게도 말 못 할 욕망—전부 꿰뚫어 보고 이루어 줄 수 있는 사람은 나뿐이야."

두 남자는 벼락 맞은 것처럼 몸을 떨고 쇠파이프를 들었다.

"윽! 상변태놈들!"

남자들은 모니카의 비명을 무시하고 덤벼들었다.

쇠파이프를 휘두르는 남자들의 협공. 평범한 인간이라면 단순히 다치는 선에서 끝나지 않는다.

크게 외치기는 했지만 모니카는 냉정했다. 쇠파이프를 휘두르는 남자에게 몸을 날렸다.

손에 끼운 고무공을 벽에 던졌다. 까만 공은 어둠에 녹아들어 사라졌고, 이어서 티아의 눈이 인식한 것은 따로따로 바운드된 공이 남자들의 옆통수를 정확하게 타격한 순간이었다.

사각지대에서 가해진 공격에 남자가 경악한 틈을 모니카는 놓치지 않았다.

소도의 손잡이로 남자의 턱을 정확하게 때렸다.
"우선 한 명."
마법 같은 일격이었다.
모니카가 선언한 대로 남자는 후방으로 날아가 벌러덩 쓰러졌다. 그대로 의식을 잃었다.
모니카의 뒤에서 또 다른 남자가 달려들었다. 하지만 재차 튕겨 돌아온 고무공이 안면을 가격하여 주춤하고 말았다. 쇠파이프 공격은 빗나갔고, 모니카에게 배를 걷어차여 날아갔다.
규격을 벗어난 그 기술을 티아는 떨어진 곳에서 관찰하고 아연실색했다.
'저 공은 뭐야……. 마치 빨려 들어가는 것처럼 적을 때려…….'
아네트가 제작한 특주품.
쇠를 내장한 고무공.
가볍게 튕기고, 맞으면 묵직한 일격을 주는 투척 무기인 것 같지만—.
'평범하게 생각해서, 벽에 튕겨 직격시키는 건 불가능한 일이잖아……!'
똑바로 던져서 맞추는 것이라면 그나마 이해한다.
하지만 모니카는 두 번 이상 바운드시켜 남자의 사각지대에서 공격했다.
모니카의 특기는 불명이지만 그 편린은 알 수 있었다.
—각도, 반사, 타이밍. 그걸 완벽하게 도출하는 연산 능력과 정밀

동작.

"어떻게 된 두뇌로 제어하고 있는 거야……!"

예상을 뛰어넘는 실력이었다.

배를 걷어차인 남자는 용맹하게 다시 덤벼들었다.

"여왕님을 위해!"

"너희의 특수 플레이에 날 끼우지 마."

하지만 그는 보이지 않는 벽에 부딪친 것처럼 움직임을 멈췄다.

무슨 일이 일어났는지 모르겠다는 표정이었다. 티아도 알 수 없었다.

어둠에 휩싸인 골목에서 가느다란 선이 가로등 불빛을 반사하고 있었다. 와이어였다. 그것이 남자의 팔을 붙잡고 있었다. 이미 오른팔과 왼발이 구속되어 움직이려고 해도 움직일 수 없었다.

와이어는 쇠공에 묶여 있었을 것이다. 벽과 지면을 오가던 고무공이 어느새 그물을 쳤다.

거미줄에 걸린 나비처럼 남자는 파들파들 떨 수밖에 없었다.

"자, 끝."

모니카가 소도의 손잡이로 남자의 턱을 쳐서 두 번째 남자도 격침시켰다.

고작 1분 만에 성인 남성 두 명을 쓰러뜨렸다.

"……확인하겠는데, 너의 책략은 이게 다야?"

모니카는 흩어진 고무공을 회수했다.

"그럼 승부도 안 되네. 좋아. 사양 말고 권총이라도 쓰지 그래?"

"그렇게 말한다, 이거지……."

군인이 많이 체재 중인 도시에서 발포할 수는 없다. 그리고 티아가 준비한 책략은 이게 다가 아니었다.

적에게 등을 돌리고 전속력으로 달리기 시작했다. 상대를 유도할 필요가 있었다.

예상대로 모니카는 달리는 티아를 쫓아왔다. 함정을 알아차리지 못했을 리 없지만, 정면으로 깨부술 속셈이리라. 물러나는 것을 그녀의 자존심이 허락할 리 없다.

신체 능력은 모니카가 더 뛰어났다.

따라잡히기 직전, 티아는 길에 노출된 수도관을 단검의 칼등으로 쳤다. 약간의 진동으로 수도관은 파열하여 후방에 있는 모니카에게 물을 분사했다.

"—쯧."

모니카가 혀를 차는 소리가 들렸다.

모니카는 순식간에 후방으로 물러나 물을 피했다.

"……그랬지, 참. 너는 에르나를 구슬린 상태였어."

"협력이라고 말해 줄래?"

망가지기 직전인 수도관— 거리에 잠재된 불행은 에르나가 망라하고 있다. 때로는 몸소 체험하여.

"그리고 아네트도 협력 중이지."

티아는 주머니에 숨긴 스위치를 눌렀다.

다음 순간, 모니카의 발밑에 놓인 벽돌—로 위장한 폭탄이 작렬

했다. 자잘한 돌 파편이 산탄총처럼 모니카를 덮쳤다.

모니카는 후드를 마치 망토처럼 나부껴 돌멩이를 받아넘겼다.

아까웠다. 모니카에게 부상을 입힐 수 있었는데.

하지만 상관없다. 에르나와 아네트가 준비한 계책은 아직 많다.

"실질적으로 3 대 1이야. 아네트와 에르나의 힘을 만끽하렴."

모니카는 더러워진 옷을 털며 「귀찮네」 하고 중얼거렸다.

비겁하다고는 생각하지 않는다.

많은 인간과 교섭하여 동료로 만든다— 그것이 티아가 싸우는 방식이었다.

준비는 끝났다. 벽돌로 위장한 폭탄, 약간의 진동으로 망가지는 수도관, 드럼통에 설치한 가스 병기, 사나운 쥐가 들끓는 배수구— 강력한 두 동료를 얻은 티아는 이 골목에서 압도적인 우위에 선 채 행동할 수 있다.

"항복해. 나도 널 다치게 하고 싶지는 않아."

"음~? 어쨌든 도전해 보고 싶은데."

모니카는 조금도 표정을 무너뜨리지 않았다.

항복할 마음은 없는 듯했다. 압도적으로 불리한데도 불구하고.

"……솔직히 나는 네가 왜 저항하는지 모르겠어."

티아는 씁쓸하게 중얼거렸다.

아무런 다른 의도가 없는 솔직한 마음이었다.

모니카의 태도에서는 스파이의 정열이 느껴지지 않았다.

있는 것은 동료를 업신여기는 삐뚤어진 언동뿐이었다.

“동료를 깔보고, 싸움만 걸고, 엄격한 정론만 내세우고—.”

티아는 노려보았다.

“—너는 왜 『등불』에 있어?”

“왜 나보다 약한 녀석에게 가르쳐 줘야 하지?”

진지하게 던진 질문에도 답하지 않고 모니카는 가볍게 팔을 휘둘렀다. 소맷부리에서 뭔가가 나타나 모니카의 손에 잡혔고, 모니카는 그것을 군더더기 없는 동작으로 투척했다.

‘또 반사를 이용한 공격……?’

고무공을 사용해 사각지대에서 공격하려는 걸까.

‘하지만 그건 여러 번 봤어……. 이제 나한테는 안 통해…….’

티아는 몸을 긴장시키며 리모컨을 건드렸다.

“그만둬. 이 이상 저항한다면 함정을 기동시—.”

“소용없어. 이미 전부 보여.”

아네트의 폭탄이 작렬하기 전에 모니카는 회피했다.

—예지. 그렇게 생각할 수밖에 없는 움직임이었다.

이유는 모르겠지만 모니카의 공격 패턴이 바뀌었음을 깨달았다.

—당장 멀어져야 한다.

티아가 다시 몸을 돌린 순간, 낯선 물건이 시야에 들어왔다.

‘거울?’

골목의 벽에 거울 하나가 박혀 있었다.

불과 몇 초 전까지 없었을 터. 모니카가 던졌을 것이다.

‘그랬구나. 모니카는 이걸로 함정의 위치를 파악하고—.’

사고는 강제로 중단되었다.

갑자기 시야가 새하얗게 물들었다. 빛이었다. 거울에 반사된 강렬한 섬광이 눈에 날아들었다.

'거울의 반사 각도를 계산해서—!'

눈앞이 아찔해서 발을 멈추고 말았다.

이어서 충격이 복부에 엄습했다.

"끝. 전혀 못쓰겠네."

모니카의 주먹이 티아의 명치에 꽂혀 있었다. 따라잡힌 것이다.

리모컨을 떨어뜨렸다. 힘이 빠지며 티아의 몸은 골목에 무너져 내렸다.

—너무 강하다.

반사를 이용한 공격 수단, 색적 수단의 다양함. 수법의 수가 현격히 달랐다.

티아는 배를 부여잡고서 거친 호흡을 반복하며 격통을 참을 수밖에 없었다.

"좀 정도는 썼으면 했는데."

모니카의 따분해하는 목소리가 머리 위에서 들렸다.

"이래서는 훈련도 안 돼."

"훈련……?"

"속이 부글거렸거든. 시체한테 못 이겼잖아."

아연해졌다.

티아는 임무를 달성하여 안도했는데 모니카는 분한 마음을 품고 있었나.

'……나와는 서 있는 장소가 달라.'

이를 악물었다.

사전에 이토록 준비를 거듭했는데도 상대가 되지 않았다.

하지만 아직 포기할 수는 없었다.

'도망쳐야 해……. 실력을 한참 잘못 봤어. 이런 방법으로는 못 이겨…….'

엎드린 자세 그대로 단검을 휘둘러 모니카의 발을 노렸다. 당연히 빗나갔지만 어디까지나 견제였다.

티아는 다리에 힘을 줘 일어났다. 조금이라도 모니카와 거리를 벌려야 했다.

직후, 바이스로 조이는 듯한 강한 힘이 팔을 붙잡았다. 뼈에서 삐걱거리는 소리가 나는 것 같다는 착각이 들었다.

"도망칠 수 있을 것 같아?"

자비는 없었다.

팔을 잡아당겨 벽에 내던졌다. 머리를 부딪쳐 의식이 몽롱해졌다. 몸에 힘이 들어가지 않아 다시 지면으로 무너졌다.

승산이 없었다. 모니카의 실력은『등불』내에서도 빼어났다.

지략이라면 그레테가 뛰어나겠지만 격투로 상황을 몰아서 완승하리라. 순수한 격투라면 지비아가 한 수 위겠지만 속임수 싸움으로 끌고 가서 이길 터다.

약점이 없는 발군의 종합력.

—낙오자 집단을 견인하는 절대적 에이스.

—『등불』 최강의 소녀.

"……그렇기에 네가 인정했으면 하는 거야."

저도 모르게 말하고 있었다.

"너의 힘을 가장 인정하는 사람은 나니까……!"

"정에 호소하려고? 불쌍하네."

결사의 말도 모니카에게는 통하지 않았다. 어쩌면 좋을까.

패배하면 아네트의 마음은 짓밟힌다. 그녀의 엄마는 죽는다.

하지만 일어나는 것도 간신히 가능한 상황이었다. 타개책이 존재하지 않았다.

"……계속 저항할 거야? 승패는 정해졌잖아."

모니카는 싸늘한 시선을 보냈다.

"아니면— 정말로 죽어야만 이해하겠어?"

몸의 근간이 얼어붙는 듯한 살기였다.

다리가 후들거리고 눈물이 나오려고 했다.

'어쨌든 거리를 벌리고…… 이번에야말로 함정에 빠뜨려야 해.'

그렇게 생각했을 때, 어떤 음울한 목소리가 뇌리를 스쳤다.

—거기서 물러나는구나. 한심해.

비웃는 시체의 목소리.

그랬다. 티아는 강대한 적에게 겁먹고 떨 수밖에 없었다.

—너는 본인에게도 무르구나.

예전에 모니카에게도 신랄한 말을 들었다.

틀림없는 사실이었다. 티아의 마음은 너무 약하다.

'……어쩔 수 없잖아. 모니카와 달리 내게는 무기가 없는걸.'

이 실력 차이를 뒤집을 기술은 없었다.

3초간 마주 보기? 전투 중인 적이 그런 느긋한 시간을 허락해 주겠는가?

—그 특기를 갈고닦으면 너는 누구보다 강한 스파이가 될 수 있어.

이어서 울린 것은 홍로의 목소리였다.

"……!"

—히어로를 목표로 삼으렴.

입술을 깨물었다.

뭔가가 자신 안에서 일어서는 느낌이 들었다.

—너는 멘탈이 약할 때가 있어.

마지막으로 클라우스의 말이 울렸다.

거의 좌절해 있던 티아에게 그는 조언을 남겼다.

—대립을 즐기도록 해.

그래. 그는 말했다.

—너는 정면으로 동료와 부딪쳐야 해.

"——!"

자신을 발분시켰다.

티아는 다시 다리에 힘을 주고 모니카의 목으로 양팔을 뻗었다.

"흐응, 목을 조르려고?"

모니카를 조금 놀라게 하는 데 성공한 듯했다. 하지만 모니카는 간단히 대처했다.

"힘겨루기로는 안 져."

티아의 양쪽 손목이 모니카에게 잡혔다.

서로의 팔이 이어지며 완력만으로 서로를 미는 자세가 되었다.

하지만 티아의 힘으로는 모니카의 체간을 흔들지도 못했다. 목을 건드릴 수도 없었다. 양팔에 최대한 힘을 줬지만 모니카의 목에 조금도 다가갈 수 없었다.

"슬슬 포기하는 게 어때? 망할 색녀."

"……히어로는 포기하지 않아."

양팔이 후들거리기 시작했을 때, 티아는 작게 웃고 있었다.

공략법은 이미 발견했다.

모니카의 예상을 뛰어넘는 것. 그리고 맞부딪치는 것.

두 가지를 양립시키는 무기는 자신 안에 있다. 홍로의 인도를 따라 계속 갈고닦았다.

"색녀를 적으로 돌린 걸 후회하렴."

정면으로 맞부딪치는 거다.

팔의 힘이 한계를 맞이했을 때, 티아는 결단을 내렸다.

"코드 네임 『몽어』— 매료해 부술 시간이야."

팔에 줬던 힘을 뺐다.

티아는 양팔을 크게 벌리고 모니카의 얼굴로 머리를 들이밀었다.

박치기는 아니었다.

코와 코를 맞부딪치듯— 티아는 모니카와 입술을 겹쳤다.

"——!"

모니카가 눈을 부릅떴다.

연인끼리 하는 듯한, 눈을 감는 로맨틱한 키스가 아니었다. 갑자기 입술을 뺏기면 누구든 눈을 크게 뜬다. 특히나 코와 코가 충돌하는 아픔을 동반한 입맞춤이라면.

시선은 확실하게 마주친다!

과연 모니카도 혼란에 빠진 것 같았다. 몸이 경직되었다.

잠시 후 모니카가 날뛰기 시작했지만 티아는 혼신의 힘으로 그녀의 얼굴을 잡았다.

이윽고 모니카가 강렬한 힘으로 밀쳐서 티아의 몸은 벽에 부딪쳤다.

"죽일 거야, 죽일 거야, 죽일 거야, 죽일 거야, 죽일 거야, 죽일 거야, 죽일 거야, 죽일 거야, 죽일 거야, 죽일 거야, 죽일 거야."

모니카는 입술을 닦으며 빠르게 말을 늘어놓았다.

"죽일 거야!"

결투에는 쓰지 않았던 총을 꺼내 티아에게 총구를 들이댔다.

티아는 벽에 등을 부딪치고 지면에 주저앉아 있었다.

더는 움직일 수 없다. 온몸의 힘을 다 썼다. 만약 모니카가 진심으로 발포하더라도 티아는 막을 수 없다. 목숨을 잃고 더러운 배신자로 처분될 것이다.

하지만 두렵지는 않았다. 승패는 정해졌다.

"너—."

티아는 입을 열었다.

"—사랑에 빠졌구나?"

모니카의 몸이 정지했다.

마치 시간이 멈춘 것처럼 모니카는 경직됐다.

"……야."

정신이 나가 헛소리를 하듯 중얼거렸다.

"혹시—."

마침내 다가갔다. 그녀의 마음에.

겹겹이 가려져 지켜지던 모니카의 핵에.

"정말이지, 힌트 같은 게 있었던가? 연애 소설? 아니, 틀렸어."

모니카의 행동거지를 떠올리고 고개를 가로저었다.

"너는 철저히 숨기고 있었던 거야. 그 소중한 연심을 누구도 깨닫지 못하도록, 눈치채지 못하도록 계속 숨겼어. 왜냐? 뻔하지. 상대가 가까이 있기 때문이야."

3초간 마주 보는 데 성공했다.

그러면서 티아가 본 것은 평상시 모니카를 봐서는 상상도 안 되는 감정이었다. 숨은 소망.

모니카의 얼굴이 절망의 색으로 물들었다.

"마침내 인간다운 표정을 보이는구나. 그 얼굴이 더 멋져."

티아는 고했다.

"너는 『등불』의 누군가를 사랑하는 거지?"

모니카가 나직이 중얼거렸다.

"죽일 거야……."

흘러넘친 것처럼 나온 중얼거림이었다.

그 위협은 이제 두렵지 않았다.

"무리야. 그 사람이 슬퍼하잖아?"

모니카의 말은 그저 줄다리기다.

모니카는 티아를 죽일 생각이 추호도 없다. 진심으로 받아들일 필요가 없었다.

"네가 마틸다 씨를 제거하고자 하는 동기는 『등불』을— 정인이 있을 곳을 지키기 위해서였구나. 도와주면 『등불』이 제국의 스파이를 방조했다고 여겨질 수도 있으니까."

모니카가 마틸다의 구속에 집착했던 이유다.

그저 냉담하게 기계적인 판단을 내리고 있을 뿐인 줄 알았다. 아니었다. 모니카가 가장 우선한 것은 줄곧 한 멤버였다.

『등불』을 유지하기 위해 합리적인 판단을 내린다— 그것이 모니카의 신조다.

티아는 고개를 끄덕였다.

"아주 한결같은 연심이네."

다음 순간, 모니카가 달려들었다.
목을 잡아 강제로 목소리를 봉했다.
아까보다 더 무시무시한 노기를 뿜어내며 모니카가 목을 졸랐다.
"그 이상."
위압적으로 날 선 목소리였다.
"—내 마음에 멋대로 들어오지 마."
노호 같기도 했고 비명 같기도 했다.
"……그래, 그만할게."
목의 압박이 느슨해졌을 때, 티아는 인정했다.
모니카는 연심을 숨기고 있었다. 그 마음은 존중하고 싶다.
"그러니까 협력해 줘."
"……윽."
"네 마음을 존중할게. 그러니까 내 마음도 생각해 줘."
말을 부딪쳤다.
"네가 마음에 품은 사람은 대체 어떤 선택을 바랄까? 여기서 마틸다 씨를 버리는 데 정말로 찬성할 것 같아?"
"……."
모니카는 입을 다물었다.
티아의 목에서 손을 떼고 그저 서 있었다.
만약 모니카가 거부한다면 티아는 그녀의 연심을 약점으로 쥐고 협박할 수밖에 없다. 아니면 격분한 모니카에게 살해당하거나. 동료를 살해하는 죄를 지은 그녀는 사랑을 이루지 못할 것이다.

입장은 대등했다. 싸우고 맞부딪쳐서 마침내 도달한 관계였다.

"…………젠장."

긴 침묵 끝에 분함이 담긴 목소리가 들렸다.

귀를 기울이지 않으면 알아듣지 못할 만큼 희미한 중얼거림이었다.

"……첫 번째 조건."

모니카는 깊이 숨을 토했다. 손가락을 하나 세웠다.

"내 비밀을 아무한테도 말하지 마."

"물론이지. 다시는 화제로 꺼내지 않을 거고, 누구인지도 캐내지 않을게."

신경 쓰이는 화제지만 참아야 했다.

모니카는 두 번째 손가락을 세웠다.

"둘째, 네 행위가 육군에 노출되려고 하면 나는 즉각 마틸다를 육군에 넘길 거야. 이것도 절대로 양보할 수 없어. 『등불』을 지키기 위해서야."

"그래, 꼭 부탁해."

오히려 모니카가 감시해 줬으면 하는 부분이다.

모니카는 세 번째 손가락을 세웠다.

"셋째."

"조건 많네."

"……그거."

"응?"

"으음, 뭐, 그런 거라고. 알 거 아니야?"

갑자기 말이 불분명해졌다.

“어? 모르겠어. 뭔데? 확실하게 말해 줘.”

모니카의 뺨이 미묘하게 붉어졌다.

이윽고 어색하게 말했다.

“……나랑 키스했다는 거, 아무한테도 말하지 마.”

티아는 뿜고 싶다는 충동을 참았다.

좀처럼 들을 수 없는 희귀한 목소리를 들은 것 같다.

“……검토할게.”

“한 판 더 싸울래?”

“농담이야. 다시 한번 너랑 싸우면 그때야말로 죽을 테니까.”

“세 가지 조건을 지킨다면.”

모니카는 한숨을 쉬었다.

“좋아. 항복해 줄게.”

그녀는 양손을 들었다.

“—극상이야.”

어째선지 클라우스의 어조를 흉내 냈다.

티아는 한숨을 쉬고 밤하늘을 올려다보았다. 피곤이 밀려들었다.

모니카를 웃돌았다는 실감은 들지 않았다.

준비를 거듭하고 장소와 시간까지 정해 자신에게 유리한 상황에서 겨우 교섭 자리에 앉혔을 뿐이다. 싸우면서 모니카는 명백하게 전력을 다하지 않았다.

하지만 티아의 가슴에는 만감이 가득했다.

마침내 모니카에게 1승을 거뒀다. —그런 걸로 해 두고 싶다.

◇◇◇

호텔로 돌아가는 길, 티아는 모니카와 나란히 걸었다.

도중에 모니카가 불쑥 말했다.

"솔직히 내 역할을 생각하면 잘못된 행동이야."

무슨 의미일까. 바라보니 모니카는 작게 말했다.

"클라우스 씨도 말했지만, 동료와의 다름이 팀의 열쇠야. 나는 잘 알아. 왜냐하면 『등불』은 멤버 전원이 동등하고, 하나같이 냉혹함이 결여되어 있어."

"……그럴지도 몰라."

"물러 터졌어. 이번에도 사실은 내가 막는 역할을 해야 해. 사사로운 감정을 배제하고."

"……."

"네 다리를 분질러서라도."

"좀 더 상냥하게 막아 주지 않을래?!"

"반드시 곤경과 직면할 거야."

모니카는 중얼거렸다.

"—이 안일함을 이용하는 적이 나타났을 때."

모니카의 염려는 일리 있었다. 이제는 모니카의 분석도 냉정하게 받아들일 수 있었다. 모니카는 비아냥거리는 것이 아니라 정확하게 팀의 약점을 지적하고 있었다.

티아도 자신이 스파이의 상식에서 벗어났다는 자각은 있다.

다른 동료들도 주저 없이 사람을 죽일 수 있는 타입으로 보이지는 않았다. 약점이라고 하면 약점이리라.

예를 들어 클라우스가 부재한 순간, 누군가가 냉혹한 역할을 맡아야만 한다.

다만 지금 할 수 있는 말은 하나였다.

"하지만 네게 냉혹한 처신은 안 어울려."

"뭐?"

모니카가 짜증 난 듯한 목소리를 냈다.

"왜?"

"네 마음을 봤기에 말할 수 있어. 너는 감정을 완전히 버리지 못해."

분명 모니카는 완벽히 냉혹해질 수 없다. 마지막 순간에 정을 느낄 터다.

—계속 숨겨 온 한결같은 연심.

그것을 가진 모니카는 사람의 정을 분명 이해하고 말 테니까.

"다 같이 레스토랑에 갈 때도 확실하게 아네트를 꾸며 줬잖아. 이러니저러니 해도 너는 감정을 완전히 버리지 못해."

모니카는 멋쩍은 것처럼 걷는 속도를 높였다.

「……그래서 문제야」 하고 짜증스럽게 말하는 목소리가 들렸다.

어쩌면 모니카도 자신의 감정을 주체 못 하고 있는 걸지도 모른다.

호텔로 돌아가니 재워 뒀던 아네트와 에르나가 일어나 있었다.

티아와 모니카가 방을 나갔다는 것을 눈치채고 깬 모양이다. 불안했을지도 모른다. 웬일로 싸우지 않고 둘이 사이좋게 침대에 앉아 있었다.

"언니!"

눈이 마주치자마자 에르나가 말했다.

"괜찮았어?!"

에르나 옆에서 아네트도 긴장한 것처럼 말없이 바라보았다.

티아는 최대한 온화하게 웃었다.

"안심하렴. 모니카도 마틸다 씨를 돕는 데 협력해 준대."

"모니카 누님!"

아네트가 환호성을 지르며 모니카에게 달려들었다.

그 돌격을 모니카는 휙 피했다.

"귀찮으니까 달라붙지 마."

"쑥스러워하지 마세요! 나님이 키스해 줄게요!"

"내 트라우마를 늘리지 말아 줄래?!"

입술을 쭉 내미는 아네트를 필사적으로 밀어내고 모니카가 도망다녔다. 부산스럽게 날뛰고 있지만, 의외로 두 사람의 상성은 그리 나쁘지 않을지도 모르겠다.

지금부터는 마틸다를 구하기 위해 움직인다.

다만 하나 확인해야 할 것이 있었다. 이번 전개에 에르나가 함께

할 이유는 없었다.

그렇게 전하니—.

"에르나도 조건이 있어."

하고 에르나가 말했다.

"……그렇게 조건을 붙이는 게 유행이야?"

조금 전에 모니카도 비슷한 짓을 한 참이었다.

에르나는 검지를 척 내밀었다.

"아네트, 다시는 에르나를 괴롭히지 마."

에르나의 손가락이 가리킨 곳에는 모니카에게 입술을 들이민 아네트가 있었다.

"만약 아네트가 앞으로 에르나를 괴롭히지 않고 평범한 치, 친구로 대해 준다면 에르나도 도와줄게."

다소 말이 빨랐다.

"……."

조건을 제시받은 아네트는 이상하다는 얼굴로 멍하니 있다가 고개를 갸웃했다.

"나님, 에르나를 이미 친구라고 생각하는데요?"

"……!"

에르나가 얼굴을 붉혔다.

아무래도 에르나도 참가하게 될 듯했다.

새벽 다섯 시, 네 소녀는 마틸다가 체재 중인 호텔에 얼굴을 내밀었다.

다행히 마틸다는 구속되어 있지 않았다.

싸구려 호텔에서 비밀 이야기는 할 수 없었다. 또 인적 없는 해안가까지 데려갔다.

돌아갔어야 할 티아 일행이 여전히 도시에 남아 있는 것이 의문인지 마틸다는 이상하다는 얼굴로 연신 눈을 깜빡이고 있었다.

"엄마, 스파이 업계에서 은퇴해 주세요!"

제일 먼저 말한 사람은 아네트였다.

당연히 마틸다는「어……?」하고 굳어서 멍하니 있었다.

"아네트의 말대로야. 그걸 약속해 줘."

티아는 고했다. 이제 판단에 망설임은 없었다.

"눈치챘을지도 모르지만, 우리는 공화국의 스파이야."

"……동업자, 였나요?"

"맞아. 그래서 동료의 엄마라고 해도 적국의 스파이를 도와줄 수는 없어. 반드시 은퇴해 줘. 그 약속을 지킬 수 있다면 우리가 당신을 국외로 도피시키겠어."

마틸다는 입을 열고 기쁜 듯 숨을 흘렸다. 안도일까. 하지만 티아의 험악한 표정을 알아차렸는지 바로 고개를 숙였다.

"하지만 어떻게……? 혹시 특별한 연줄이—."

"없어. 힘으로 밀어붙일 거야."

그런 편리한 인맥이 있다면 얼마나 좋을까.

의지할 수 있는 것은 여기 있는 네 사람의 힘뿐이다. 클라우스도 의지할 수 없다.

"우리끼리 육군의 포위를 돌파한다— 그게 다야."

티아는 아연해하는 마틸다에게 일방적으로 작전 결행 시각을 전하고 헤어졌다.

조금 걸어가니 모니카가 확실하게 해 두겠다는 듯 물었다.

"그래서? 클라우스 씨한테는 보고 안 해?"

"당연하지."

티아는 웃었다.

"반대할 게 뻔하잖아."

모니카는 어깨를 으쓱였다.

"그럼 걱정하고 있겠네. 아침이 됐는데도 우리가 돌아오지 않으니까."

티아는 고개를 끄덕였다.

클라우스에게 가짜로 보고하자는 생각도 떠올렸지만 그만뒀다. 그는 직감으로 거짓을 간파할 수 있다. 마틸다를 지키려면 연락하지 말아야 한다.

"어쩔 수 없어. 우리는— 실종될 거야."

"우와, 너무하네. 하지만 이런 거 싫지 않아."

"행방불명자 네 명이야."

"우리, 미아예요!"

티아의 말에 모니카가 고개를 끄덕였다. 에르나가 웃었고 아네트가 콧노래를 불렀다.

이리하여 소녀들은 실종된다.

선생님 몰래 실행하는— 소녀들의 비밀 미션.

태양이 마침내 뜨기 시작했다. 이른 아침에 있었던 일이다.

◇◇◇

환락 도시의 긴 하루가 시작되려고 했다.

소녀들과 마틸다가 도망치기로 결의한 시각은 오전 다섯 시.

그녀들이 알 방도는 없지만— 열한 시에 클라우스와 릴리가 역에 도착한다.

더욱이 소녀들이 알 방도도 없지만, 오후 네 시—.

클라우스가 웨르타에게 충고했던 대로— 좋지 못한 자가 항구에 도착한다.

막간 행방④

오후 세 시를 지나 해가 떨어지기 시작할 무렵에 클라우스는 소녀들의 흔적을 발견했다.

도시 한편에 있는 잡거빌딩. 반지하가 있는 3층짜리 건물이었다. 1층은 마권 대리 구매소, 2층은 금융업자, 3층은 수상한 인쇄 회사의 간판이 있었다. 건전하다고 말하기는 힘든 건물이었다. 반지하층은 아무런 간판도 보이지 않지만, 아마 불법 업자이리라.

현재, 빌딩은 봉쇄되어 군인이 감시 중이었다. 의아한 얼굴인 웨르타도 보였다.

클라우스는 봉쇄하는 테이프를 밀어제치고 안에 들어갔다.

"여기서 살인 사건이 있었던 것 같군."

말을 걸자 웨르타가 얼굴을 일그러뜨렸다.

"어이, 네놈. 돌아간 것 아니었나?"

"그런 거짓말을 믿었어?"

클라우스는 방에 남은 혈흔을 확인했다. 방 전체에 엄청난 양의 피가 튀어 있었다.

"살해당한 사람은 다섯 명인 것 같아. 경찰 자료에는 갱단 간의 항쟁이라고 되어 있었지만, 네가 직접 온 걸 보면 스파이와 관련된 일인가?"

"……사건은 극비리에 취급하라고 경찰에 지시했을 텐데."

"무의미한 저항은 하지 마."

웨르타가 혀를 찼다.

"흉기는 피아노선이야. 아마도 뛰어난 기술의 부비트랩이겠지. 다섯 명 다 잘게 썰렸어. 끔찍한 시신이었다더군. 원형이 남은 자조차 별로 없었다고 해."

"현장을 보면 알아. 상당히 잔인한 수법이라고 하지 않을 수 없어."

방은 여기저기 튄 피로 가득 차 있었다. 시신은 이미 정리되었지만, 천장까지 묻은 혈흔이 그 끔찍함을 이야기했다.

"—수색 중인 스파이의 살해 방식과 똑같아."

웨르타는 고했다.

라일라트 왕국의 스파이를 죽이고 지금도 도주 중이라는 스파이—.

그녀의 정체를 생각하는데 어떤 냄새가 클라우스의 코를 자극했다.

"……기묘해."

클라우스는 중얼거렸다.

"최루 가스의 잔향이 있어. 하지만 뿌려진 날짜는 범행 날짜와 다른 것 같아."

"음? 무슨 뜻이지?"

"살인이 일어나기 전날, 최루 가스가 뿌려졌어."

아무래도 이 사무소는 두 번 습격받은 모양이다. 사흘 전에 누군가가 최루 가스를 뿌렸고, 이틀 전 심야에 적국의 스파이가 피아노선으로 살육했다.

웨르타가 영문을 모르겠다는 듯 눈썹을 찌푸렸다.

"경찰이 말하길, 살해당한 다섯 명은 범죄로 먹고사는 집단이었다고 해. 절도를 비롯하여 악역무도한 짓을 했다고 들었어. 다른 인간에게 원한도 샀겠지."

"……그렇군. 그런 경위인가."

클라우스는 고개를 끄덕였다.

바로 떠나고자 했다. 여기서 입수할 정보는 전부 손에 들어왔다.

"기다려, 화톳불."

하지만 웨르타가 붙잡았다.

"네놈은 뭘 눈치챘지?"

"아무것도 모르겠어. 아무래도 내게는 버거운 사건인 것 같아."

"그것도 거짓말이지?"

웨르타가 엄격한 눈으로 노려보았다. 그리고 부하를 쫓아냈다. 군인들은 대위의 명령에 일절 거역하지 않고 반지하에서 나갔다.

사무소에는 웨르타와 클라우스만 남았다.

"최근 『거광(炬光)』 씨의 모습이 안 보이는데."

웨르타가 중얼거렸다.

"강건한가?"

그것은 클라우스의 스승— 기드의 코드 네임이었다.

"……그래, 너무 건강해서 곤란해."

"그럼 그 사람의 격투술도 건재하겠군. 한 번 스파링한 적이 있어. 전혀 상대가 안 됐지만 소질이 있다고 칭찬받았지. 그게 내 긍지야."

"하고 싶은 말이 뭐야?"

"나도 결코 미숙자가 아니야. 감지되는 건 있어."

웨르타가 힘 있게 단언했다.

"전율이 이는 사악함이 느껴져."

"사악함?"

"진정한 사악함은 늘 착한 사람의 얼굴을 하고 있지. 착하게 웃으며 무지한 자를 이용하여 욕망을 따라 타인을 유린해. 그런 기운이 느껴져. 존재 자체가 잘못된 압도적인 악이야."

"……."

"우리 육군이 확실하게 말살하겠어. ―얻은 정보를 전부 내놔."

강철처럼 단단한 정의감을 간직한 눈동자가 클라우스를 보았다. 젊은 그를 대위 자리까지 올린 강한 의지― 악을 반드시 무찌르는 긍지.

유난히 군인의 수가 많은 것도 그 사악함을 느꼈기 때문이리라.

클라우스는 고개를 가로저었다.

"―너는 아무것도 못 보고 있어."

"뭐……?!"

"사명감은 인정해. 하지만 내게는 내 입장이 있어. 쓸데없이 간섭하지 마."

웨르타의 얼굴이 타오르듯 뻘겋게 물들었다. 그의 주먹은 잘게 떨리기 시작했다.

"고작 첩보원 주제에…… 군인을 얕보지 마."

"또 하나 조언해 주지."

클라우스는 담담히 고했다.

"스파이를 바다로 몰지 마. 도망칠 거다."

그가 바치는 최대의 조언이었다.

하지만 상대는 모욕으로 받아들인 것 같았다. 눈빛으로 꿰뚫어 죽일 것처럼 노려볼 뿐이었다.

"또 싸웠어요……."

반지하에서 나오니 릴리가 어이없다는 얼굴로 기다리고 있었다. 몰래 들여다본 모양이다.

"나를 너무 우습게 보지 마."

클라우스는 말했다.

"나는 무의미한 싸움 같은 건 안 해."

"예? 뭔가 의도가 있었던 건가요?"

"약 올린 거지."

"더 질이 나빠!"

"그 녀석들이 조금 불리한 것 같았으니까. 지휘관의 멘탈을 무너뜨려 뒀어."

그래도 가혹한 싸움이 될 것이다. 하지만 믿을 수밖에 없다.

릴리는 고개를 갸웃하고 있었다. 클라우스의 말을 이해하지 못한 듯했다.

그 설명은 차치하고, 알려야 할 사항이 있었다.

"실종된 녀석들을 쫓는 건 일단 중단이다."

"네?!"

현재로서는 살아 있는 것 같았다. 보조해 주고 싶지만, 따로 해야 할 일이 있다.

"우리가 대처해야 할 것은 그 아이들이 놓친 가능성이야."

릴리가 아연해했다.

"이미 진상에 도달한 건가요?!"

"막연한 느낌이지만."

터무니없는 녀석들이라고 푸념하고 싶어졌다. 손이 많이 가는 부하들뿐이다.

진상은 약 80% 알아차렸다. 조금 더 정보를 보충하면 더 확실히 단정할 수 있을 것이다.

소녀들이 어째서 실종이라는 길을 택했는지—.

그리고 웨르타가 언급한 사악함의 진상도—.

막간 좋지 못한 자

도시의 항구에는 하루에 네 번쯤 여객선이 도착한다.

그중에서도 오후 세 시에 찾아오는 것은 소위 호화 여객선이라고 불리는 배였다. 길이 100m 이상의 거대한 여객선으로 최대 500명의 승객을 태울 수 있었다. 승객 대다수는 외국에서 온 관광객이었다. 전쟁 피해를 면한 다른 대륙의 부유층이 중심이지만, 개중에는 종전으로부터 10년이 지나 국내 부흥과 함께 사업을 일으켜 세운 사업가들도 있었다.

여객선은 도착을 고대하는 사람들로 북적였는데, 그중에 색다른 남성이 있었다.

머시룸.

본 순간, 누구나 아연해하는 완벽한 머시룸 헤어였다. 굳이 이렇게까지 안 해도 될 텐데. 그와 스쳐 지나가는 모두가 슬그머니 웃었다. 선원들은 「버섯남」이라는 별명을 붙였고 아이들은 키득거렸다.

승객 전원이 그의 머리 모양을 보고서 웃고 기억했다.

그리고— 그것 말고 그의 외모와 관련된 정보는 하나도 기억하지 못했다.

그것이 가르가드 제국의 스파이 『흰거미』라는 남자였다.

항구에 내려선 흰거미는 도시를 보고 낙담했다.

틀림없이 발전된 곳이기는 하지만 기대를 뛰어넘는 규모는 아니었다.

딘 공화국에서 손꼽히는 관광지라고 들었는데 별로 대단치도 않았다. 제국의 문화를 카피한 대형 호텔이 늘어서 있을 뿐이었다. 패전의 영향으로 쇠퇴해 가고는 있지만, 제국에는 이곳을 뛰어넘는 관광지가 얼마든지 있었다. 소국 경제력의 한계인가.

'역시 보잘것없는 나라야.'

흰거미는 뒤통수를 긁적였다.

'귀찮네. 이런 소국 따위 무시할 수 있다면 편할 텐데.'

결국 딘 공화국의 수준은 그 정도였다. 경제력도 없고 국제 정세에도 큰 영향을 주지 않는다. 제국이 상대하는 곳은 이보다 수십 배의 국력이 있는 대국들뿐이다. 스파이를 보낼 가치조차 없다. 앞선 대전 때는 제국이 벌레처럼 유린했던 약소국이다.

'다만 스파이 교육에는 이상하리만큼 힘을 쏟고 있단 말이지.'

대외정보실— 딘 공화국의 첩보 기관이다.

약소국일 터인 나라의 스파이 때문에 제국은 계속 고충을 맛보았다.

제국과 공화국은 문화와 언어가 비슷하며 인종도 거의 같은 인접한 나라였다. 제국에 스파이를 보내는 데 이보다 적합한 조건은 없다.

딘 공화국은 제국의 기밀 정보를 계속 훔치고 있었다. 그것을 대국에 팔아넘겨 경제 원조를 받았다. 이른바 연합국의 감시 역. 참 억센 나라다.

스파이 강국— 그것이 이 시골 국가의 본질이었다.

'한 번 스파이망을 붕괴시켰을 텐데 예상보다 훨씬 빨리 회복했고…… 해충 같은 녀석들이야.'

제국과 공화국의 관계를 새삼 생각하며 목적지인 호텔에 도착했다.

감시하는 사람은 없는 듯했다. 여전히 잘 잠복 중인 모양이다.

호텔 접수처에 숙박하고 싶다는 취지를 알리고 위층으로 올라갔다. 배정받은 방에 들어가는 척 옆방에 숨어들었다.

실내에는 창백한 얼굴의 피곤해 보이는 여성이 침대에 누워 있었다.

흰거미가 만나러 온 인물이었다. 제국에서는 마틸다라는 이름을 사용했다.

그녀는 방문객을 눈치채고 눈을 동그랗게 떴다.

"버섯……."

"보자마자 하는 반응이 그거야?"

놀랐지만, 비명은 지르지 않았으니 됐나. 제국의 스파이는 옥석혼효다.

"도와주러 왔군요."

마틸다는 숨을 내쉬었다.

"저는 버려지지 않은 거네요."

"글쎄."

흰거미는 어깨를 으쓱였다.

"단순히 널 죽이러 왔을지도 모르지."

"예……?"

"겸사겸사 온 거야. 『담수』라는 남자의 소식이 끊겨서 이 나라에 왔어. 돌아가는 길에 들렀을 뿐이야. 죽일지 살릴지의 재량은 내게 일임됐어."

흰거미는 마틸다의 이마에 권총을 들이댔다.

"나는 어쩌면 좋을까? 넌 살릴 가치가 있어?"

"……."

"피비린내가 나."

여자에게서 풍기는 시체 냄새를 맡았다.

"최근 사람을 죽였구나? 왜? 잠복 중에 사건을 일으키는 멍청한 짓을 했지?"

아무래도 쓸모없는 인간인 것 같았다.

흰거미가 방아쇠에 힘을 가하려고 했을 때—.

"우후후."

마틸다가 기묘하게 웃었다.

"엉?"

불쾌하게 느끼고 위압했다.

하지만 마틸다는 기분 나쁜 웃음을 참지 않았다.

"우우후후후후후우후후후후후후휴후후후후후후우후후우후후후후후후휴후후후우후후후후우후후후휴후후후후후휴후후후!"

양손으로 입을 가리고 소리를 냈다.

'뭐야, 이 아줌마…….'

흰거미가 눈썹을 찌푸리자 마틸다는 웃음을 뚝 그쳤다.

"사정이 바뀌었답니다~."

"뭐?"

"그러니까~ 도와주지 않아도 탈출할 수 있는 상황이 됐다고요. 죽인 건 복수, 라기보다 내친 김에 한 거고요~."

갑자기 늘어지는 말투로 바뀌어서 흰거미는 눈을 깜빡였다.

마틸다는 설명을 계속했다.

"곤경에 처했었던 건 사실이에요~ 육군 쓰레기들에게 포위당하고, 업무 도구도 도둑맞고, 어떻게 할 수가 없어서 진짜 고민했어요. 위험을 각오하고서 군인을 닥치는 대로 죽일까 하고요. 정말로 실행에 옮기기 직전까지 생각했어요."

거기서 그녀는 히히 하고 기분 나쁘게 웃었다.

"하지만— 기적이 일어났어요. 생이별한 딸과 만났답니다."

"흐응. 감동적인 재회? 잘됐네."

관심 없는 화제라 건성으로 대답했으나 마틸다는 더욱 즐겁게 이야기했다. 그리고서 방구석에 놓인 코발트블루색 공구함을 가리켰다.

"저걸로 때렸어요."

"뭐?"

딱 보기에도 무거워 보이는 철제 물건이었다.

"때리고, 때리고, 수없이 때린 딸이에요. 기억도 잃어서, 만신창이로 만들어서 버린 딸이 저를 따르며 도와준다고요~ 나한테 맞은 기억을 까맣게 잊고 나를 『엄마』라고 부르면서! 이용당하는 줄도 모르고!"

황홀해하는 웃음이었다.

"정말로 멍청하고 어리석은 딸 아닌가요~?!"

그 광기 어린 얼굴을 보고 흰거미는 할 말을 잃었다.

이 여자는 끝났다.

자세한 사정은 모르지만, 무지한 딸을 이용하여 탈출할 속셈인 것 같다. 그럼 그러라지. 적어도 흰거미가 도와줄 필요는 없을 듯했다.

흰거미의 판단은 하나— 엮여 봤자 헛수고다.

총을 내렸다.

"……네가 위험한 녀석이라는 건 알았지만 합격으로 치겠어. 최소한 시체 냄새는 없애. 아는 사람은 알 만큼 냄새나."

"네, 고맙습니다~."

"나머지는 네 맘대로 해. 나도 내 맘대로 움직이고 적당히 귀국하겠어."

원래부터 고립된 동포를 돕는 것은 흰거미의 관할이 아니다. 마틸다는 중요한 사명이 있지도 않고 귀중한 정보를 쥐고 있지도 않았다. 흰거미는 정말로 겸사겸사 들렀을 뿐이다.

하지만 떠나려다가 문득 확인하고 싶어졌다.

"이봐, 너한테 모성애라는 건 없어?"
"없는데요~?"
마틸다는 늘어지는 목소리로 말했다.
"기분 나쁜걸요. 그 애."
침을 뱉는 듯한 시원스러운 말투였다.

◇◇◇

이리하여 무대는 갖추어졌다.
—『등불』 선발조. 모니카, 티아, 에르나, 아네트.
—웨르타 바르트가 이끄는 육군 정보부.
—딸을 이용하여 도망을 꾀하는 제국의 스파이, 마틸다.
—달려온 『등불』의 보스, 클라우스. 그리고 릴리.
—종반에 나타난 난입자. 제국의 스파이 『흰거미』.
의도와 책략이 뒤섞이는 스파이들의 향연이 시작된다.

5장 사악과 투쟁

일기예보에 의하면 심야부터 아침까지 비가 온다고 했다.

밤 열 시, 도시의 상공은 두꺼운 구름에 덮여 있었다. 습도가 올라가서 숨을 쉬면 목구멍이 축축해지는 느낌이 들었다. 언제 쏟아지기 시작해도 이상하지 않았다.

달빛조차 없는 어두운 밤중에 세 싸움이 시작된다.

포문이 열린 것은 먼저 두 개.

◇◇◇

항구 주변에는 창고가 늘어서 있었다.

화물선 발착장 부근에는 수입품을 일시적으로 보관하는 창고가 지어져 있었고, 거기서 더 떨어진 곳에 있는 창고에는 낡고 오래된 배가 수납되어 있었다. 후자는 평소에 사용되지 않았다. 마치 죽은 배의 안치소처럼 망가진 어선이 들어 있었다.

평소 같으면 밤 열 시에는 아무도 다가오지 않는 곳이었다.

하지만 오늘만큼은 부근을 경계하듯 군인이 어슬렁거리고 있었다.

바르트 대위가 각 소대에 야간 배치를 늘리라고 지시를 내렸다. 슬슬 기다리다 지친 스파이가 강행 돌파에 나설 것이라고 예측했기 때문이다. 군인들은 긴장한 얼굴로 소총을 무장하고서 부근을 걸어 다니고 있다—라고 사전에 조사해 뒀다.

소녀들은 배 창고에서 숨을 죽이고 있었다.

"다시 작전을 확인하겠는데."

티아가 다른 소녀들에게 말했다.

"마틸다 씨가 도망칠 수 있는 곳은 이 항구밖에 없어. 도로나 역으로 도망치는 방법도 있지만, 결국 국내에서 도망치지 못하면 계속 쫓겨."

출국을 뒤로 미루면 마틸다의 상황은 나빠지기만 한다.

오늘 밤에 결판을 낼 수밖에 없다.

"밤 열한 시에 떠나는 화물선이 있어. 화물 대다수는 이미 선적이 끝났지만, 마지막 짐은 심야에 도착해. 그 속에 마틸다 씨를 숨길 거야. 우리는 소동을 일으켜 항구에서 항만 관계자를 피난시키고 군인을 유도할 거야."

아네트와 에르나가 고개를 끄덕였다.

창고 벽에 작은 구멍을 뚫어 바깥을 감시 중인 모니카가 말했다.

"지금 왔어. 파란색 철제 컨테이너야. 『3-896』이라는 번호도 확인됐어."

예정대로 짐이 도착했다.

티아는 꼼꼼하게 확인한 후, 떨어진 곳에서 대기 중인 마틸다에게 다가갔다.

"저기……."

마틸다는 불안한 듯 물었다.

"괜찮을까요. 애초에 화물 사이에 섞여 든다니……."

"종래 방식으로는 불가능해. 나무 상자나 나무통이니까. 사람이 들어가기에는 너무 작고 어려워."

"그렇죠……."

"하지만 이 나라에서도 컨테이너 수송이 조금씩 도입되고 있어. 항구의 화물 절반 이상이 이미 컨테이너야. 사람도 쉽게 잠복할 수 있는 스파이의 새로운 도주로지."

규격화된 화물은 수송 수단의 효율화에 공헌했다. 과학 기술은 비약적인 속도로 세상의 국가들을 이어 나갔다. 스파이의 암약을 돕는 토양 중 하나다.

"하지만 그렇다면 육군 사람들도 경계하지 않을까요……."

"이 시간대에는 화물선 네 척의 출항이 겹쳐. 수도 많아."

나머지 셋은 아직 선적이 끝나지 않았다. 발착장에는 여전히 무수한 컨테이너가 늘어서 있을 터다. 그중 하나에 숨어들면 들키지 않을 것이다.

"그리고 제국행 배가 아니라 라일라트 왕국행 배를 탈 거야."

아무래도 제국행은 경계받는다. 일단 포위망을 돌파하고 다른 루트로 제국에 돌아가는 것이 좋다. 라일라트 왕국에서 어떻게 행동할지는 마틸타에게 맡긴다.

철제 컨테이너는 안쪽에서 열리지 않는 구조였다. 티아는 탈출용 도구를 건넸다. 길이 50cm의 막대형 가스 토치였다.

"아네트가 만들어 줬어. 철제 고정쇠라면 달궈서 끊을 수 있어."

아네트는 불과 몇 시간 만에 「신뢰의 나님제예요!」라며 보증하는 물건을 마련했다.

마틸다는 그것을 사랑스럽다는 듯 쥐었다. 몸의 떨림이 멎었다.

이로써 계획의 최종 확인은 마쳤다.

다시 모니카 곁으로 돌아갔다. 모니카는 어째선지 눈을 부릅뜨고 있었다.

"……."

생각에 잠긴 것처럼 말없이 굳어 있었다.

신경 쓰이는 표정이었다.

「무슨 일 있었어?」 하고 물어보았다.

"……아니? 별일 없는데?"

모니카는 어깨를 으쓱였다.

"그저 클라우스 씨보다 훨씬 그럴싸하다는 생각이 들어서. 지휘하는 기분은 어때?"

"……네 도발에도 익숙해졌어."

"지휘관의 책임은 중대하니까. 실패하면 전원 처형당할지도 몰라."

"으름장 놓지 마……. 괜찮아, 이미 각오했어."

그렇게 고하자 모니카는 티아 곁에서 떨어져 「뭐야, 재미없어」라며 손을 흔들었다.

지금 티아에게는 비아냥에도 흔들리지 않을 이유가 있었다.

"솔직히 그렇게까지 걱정 안 해."

"흐응, 왜?"

"줄곧 말했잖아. 우리가 한 팀이 되면 무적이니까."

모니카는 어이없다는 얼굴로 손을 휘저었다.

"그것참 고마워."

예정 시각이 되었다.

「작동했어요!」 하고 아네트가 말했다.

티아 일행이 창고 문으로 이동하니 발착장에서 피어오르는 흰 연기가 보였다. 낮에 설치한 장치가 기동한 것이다.

쌍안경으로 관찰했다.

군인은 발착장에 모여 항만 노동자의 피난을 유도하기 시작했다. 강한 조명이 마치 거인의 팔처럼 밤의 어둠 속을 오갔다.

곧 노동자들은 사라진다. 다음은 군인을 발착장에서 떼어 놓아야 했다.

"귀찮네."

망원경을 든 모니카가 말했다.

"응, 군인이 많아."

"그거 말고. 3번 발착장에 거울이 있지?"

모니카는 사전에 거울을 놓아뒀다. 쓰레기로 위장한 거울을 부자연스럽지 않게 설치해 뒀다. 그 거울을 이용해서 모니카는 항구 전체를 파악하고 있는 것 같았다.

"쌍안경으로는 무리야. 뭐가 보였는데?"

"웨르타 바르트 육군 대위. 그가 직접 현장에 와 있어. 준재라고 들었어.”

“흐응…… 괜찮은 남자라는 소문이 있던데, 정말일까.”

“얼굴은 관심 없지만, 실력은 있어. 군인의 통솔이 잡혀 있어.”

모니카가 인정하는 사람이라면 뛰어난 인재이리라.

그러나 상대가 누구든 간에 물러날 수는 없다.

우선 티아가 창고에서 한 걸음 나가려고 발을 내디뎠지만—.

“멈춰!”

에르나가 달려들었다. 그녀의 몸에 밀려 옆으로 쓰러졌다.

—직후, 티아 근처의 지면이 팍 튀었다.

저격당했어?

위기를 헤아림과 동시에, 에르나가 말리지 않았다면 총에 맞았다는 사실에 소름이 돋았다.

‘어떻게 된 거지……? 벌써 어디 있는지 들켰나? 그렇다고 해도 어디서 저격을?’

다시 창고에 몸을 숨겼다.

지면에는 총알이 박혀 있었다. 상당히 먼 거리에서 날아온 것 같았다.

혼란이 찾아오고 핏기가 가셨다. 이것도 바르트 대위의 책략인가? 아니, 그렇지는 않을 것이다. 예측하지 못한 사태가 벌어지고 있다.

옆에 에르나는 새하얗게 질린 얼굴이었다. 이토록 겁먹은 에르나는 본 적이 없었다.

“지금은 안 나가는 게 좋아.”

잔뜩 잠긴 목소리였다.

“터무니없이 불길한 예감이 들어.”

“고마워, 에르나.”

티아는 에르나의 머리를 쓰다듬었다.

“하지만 상당히 위험하네.”

소리를 너무 냈다.

배 창고 부근을 순찰하던 군인이 반응했다. 웅성거림과 발소리가 다가왔다.

“느닷없이 위기인가.”

모니카가 품에 있는 총을 잡았다.

“어떻게 할래? 이대로 있다가는 군인에게 포위당할 텐데.”

같은 창고에 머무르면 언젠가 포위당한다.

하지만 에르나의 경고를 무시하고서 알 수 없는 저격수 앞에 모습을 드러내는 것도 너무 위험하다.

‘불행…… 이라고 말하고 싶은 기분이야.’

닥쳐오는 위기에 티아는 입술을 깨물었다.

첫 번째 싸움—『등불』 선발조와 웨르타가 이끄는 육군 정보부의 싸움이 시작됐다.

◇◇◇

흰거미는 조준경에서 눈을 떼고 고개를 갸웃했다.

"응? 피했어? 어떻게 한 거지?"

눈에 띄는 머시룸 헤어는 니트 모자로 감추고 얼굴은 커다란 마스크로 숨기고 있었다. 확실하게 수상한 자임을 알 수 있는 풍모였으나 그것을 나무랄 자는 없었다.

항구 옆에 건설 중인 호텔에서 그는 포복 자세로 총을 들고 있었다.

아직 공사 중이지만 7층에 상당하는 위치였다. 기둥과 바닥만 완성되어 있었고 벽은 이제부터 세운다.

제국의 최신식 소총으로 적을 충분히 저격할 수 있는 거리는 기껏해야 300m.

하지만 흰거미가 숨은 호텔에서 항구까지의 거리는 1km였다. 통상적으로는 불가능한 거리지만, 흰거미는 소총을 독자적으로 개조하여, 분해해서 들고 다닐 수 있도록 세공하고, 저격총 수준의 비거리를 실현시켰다.

소총— 아니, 저격총을 잡고서 흰거미는 생각했다.

마틸다의 이야기를 들었을 때, 흰거미는 그녀를 죽이지 않고 풀어두기로 했다. 마틸다의 딸과 그 동료에게 강렬한 위화감을 느꼈다.

—적국의 스파이를 돕는 스파이?

위험한 녀석들이다. 스파이로서 물러 터졌다. 대체 정신이 어떻게 되어 먹은 것인가.

—경험이 적나?

마음에 걸렸다.

흰거미의 뇌리에는 공화국에서 새로 결성된 스파이팀이 있었다. 그 팀은 한 남자와 양성 기관에서 낙오된 일곱 소녀로 구성되어 있다고 했다.

확인해 둘 필요가 있었다.

"뭐, 한 명 죽이고 상황을 봐야지."

마틸다와 행동을 시작했을 때 쏴 죽일 생각이었다.

아까 잠깐 보인 소녀를 저격했지만 못 맞췄다. 위험을 감지했는지, 다른 이유가 있는지. 머지않아 직접 모습을 보일 것이다.

"군인도 눈치챈 것 같고, 곧 나오겠지."

흰거미는 조준경을 들여다보았다.

"자, 군인에게 포위당할지, 내게 저격당할지— 원하는 쪽을 골라."

일방적으로 우위에 설 수 있는 위치에서 착실하게 타깃을 죽여 나간다.

흰거미의 방식이었다. 쓸데없는 위험을 감수하지 않는다.

어쨌든 이곳은 딘 공화국이다. 눈앞에는 수상한 소녀도 있다.

만에 하나라도 **절대로 만나서는 안 되는 남자**와 맞닥뜨리는 것은 사양이다.

"헉!"

그때, 흰거미는 살기를 느끼고 몸을 굴렸다. 직전까지 감지하지 못했다.

뒤에 키 큰 남자가 서 있었다.

"눈치챘나. 그런대로 실력은 있는 모양이야."

그 남자는 당당히 모습을 드러내고 있었다.

총알을 맞아도 상관없다— 그런 무섭기까지 한 자신감을 내보이며.

"허?"

흰거미는 진심으로 외쳤다. 황급히 일어났지만 다리가 후들거렸다.

눈앞에 있는 남자는 그런 흰거미에게 싸늘한 시선을 보내왔다.

"그리고 내 얼굴을 보고 반응하는 건 제국의 스파이뿐이야."

"……웃기지 마."

머리에 새겨 둔 얼굴이었다.

딘 공화국에서 가장 경계해야 할 상대. 절대로 만나서는 안 되는 적.

제국의 공작원이 수없이 암살을 시도해도 도리어 반격하는 괴물—.

함정이 쫙 깔린 연구소에 정면으로 침입하여 생물 병기를 탈환한 스파이—.

공화국의 코드 네임은 『화톳불』.

"웃기지 말라고오오오! 왜 이 남자가 있는 거야아아아아아!"

흰거미는 달리기 시작했다. 애용하는 저격총만 챙기고 나머지 도구는 놓고 갔다.

전혀 예상하지 못한 만남은 아니었다. 만일의 경계는 했었다.

하지만 실제로 만나니 이렇게나 무서울 줄이야.

흰거미는 부리나케 계단으로 향했지만—.

"계단은 봉쇄했어."

발을 멈췄다.

유일한 출구는 독살스러운 색깔의 거품으로 막혀 있었다.

'이 거품은 뭐야……?'

계단을 막듯 퇴적되어 벽을 이루고 있었다. 『화톳불』이 아닌 다른 인물이 막았을 것이다. 소리도 없이 만들어진 바리케이드였다.

손끝으로 만져 보니 피부가 짓무르는 감각이 들었다. 독이다.

멈칫했다. 독거품 풀장에 뛰어들 만큼 무모하지는 않았다.

'이걸 만들어 낸 녀석, 성격이 너무 뒤틀렸잖아……!'

단검으로 베도 거품은 둘로 갈라질 뿐이다. 총으로 쏴도 거품이 터져서 분열할 뿐이다.

이 거품벽을 돌파할 방법은 없다.

뒤에서 다가오는 발소리가 유난히 크게 울렸다. 도망칠 수 없다.

"어떻게 이 장소를 알았지?"

흰거미는 떨리는 목소리로 물었다.

"그냥 알았어."

쌀쌀맞았다.

하지만 대답에는 자신감이 가득했다. 사실일지도 모른다. 애초에 흰거미의 내습을 알 방도는 직감 외에 존재하지 않았다.

"왜 내가 이딴 괴물을 상대해야 하는 거야!"

흰거미는 하늘을 향해 탄식했다.

두 번째 싸움— 제국에서 온 난입자·흰거미와 『등불』의 보스·클라우스의 싸움이 시작됐다.

◇◇◇

에르나가 변화를 느낀 듯했다. 코가 움찔거렸다.

"위험이 사라졌……어?"

"편리하네. 그럼 갈까."

모니카가 뛰쳐나갔다.

소녀들은 마틸다를 지키듯 사이에 두고 이동을 시작했다. 군인에게 포위되기 전에 출발한 모양이다. 군인에게 들키지 않도록 조심하며 늘어선 창고 사이를 나아갔다. 전방에 군인이 있으면 멈춰 서고 방향 전환. 앞뒤로 끼었을 때는 근처 건물에 몸을 숨겼다.

목적지는 화물선 발착장이었다.

다섯 명이 밤의 어둠에 섞여 들어 도주할 수 있는 이유는—.

"스톱. 모퉁이 너머에 사람이 있어."

거울의 반사로 시야를 넓히는 모니카와.

"서쪽에서 싫은 기운이 느껴져."

불행을 감지하는 직감을 가진 에르나 덕분이었다.

마법처럼 군인의 조명 사이로 나아가는 두 사람을 보고 마틸다는 아연해했다. 제국의 스파이라고는 하지만 이 정도 기량은 보기 드문 듯했다.

티아도 깜짝 놀랐다.

특히 모니카에게.

모니카는 가면서 거울을 회수하고 다시 투척하여 전방의 지면에 꽂았다. 전후방 전부 확인하고 있는 것 같았다.

"좋아, 이대로 가자."

때로는 두 개 이상의 거울을 반사시켜서 꽤 멀리 떨어진 지점을 보았다. 시력이 부족할 때는 망원경으로 보완했다. 달리면서 초점을 맞추다니 불가능할 것 같지만, 모니카는 힘도 안 들이고 해냈다.

이동은 원활하게 이루어졌다. 따라오는 마틸다가 숨을 헐떡일 정도였다.

"모니카."

이런 말을 할 상황은 아니지만 티아는 지적했다.

"그 기술, 평소에 훈련할 때는 본 적 없는데?"

"보여 준 적 없으니까."

"……건성으로 임했던 거구나."

"누가 들으면 오해하겠네. 기술을 써도 클라우스 씨한테는 못 이기니까 안 썼을 뿐이야."

기죽지도 않고 대답했다. 모니카답기는 하지만.

"하지만 여기까지야."

모니카가 발을 멈췄다.

발착장과 상당히 가까워진 곳에서 소녀들은 멈춰 섰다. 소녀들은 항구 근처에 주차된 트럭 뒤에 몸을 숨겼다.

많은 군인이 발착장을 경비하고 있었다. 귀를 기울이니 고함이 들려왔다. 스파이를 붙잡기 위해 뛰어다니고 있는 듯했다.

"항만 노동자의 피난은 끝났어. 이제 저 방해되는 군인들을 치우고 마틸다 씨를 컨테이너에 넣기만 하면 돼."

모니카가 냉정하게 상황을 분석했다.

서른 명 가까이 되는 군인이 컨테이너 근처에 모여 있었다. 빈틈없이 조명이 켜져 있어서 어둠은 한 조각도 존재하지 않았다. 역시 정면으로 돌파하는 것은 무리다.

이쪽의 목적을 예상하고 있나.

"위험해…… 포위당한 기분이 들어."

에르나가 불안해하며 중얼거렸다.

티아는 고개를 끄덕였다.

"멀어질 수밖에 없겠어. 공작만 해 두자."

또 군인을 유도할 수 있을지도 모른다. 발연 장치를 트럭 밑에 장치해 두자.

티아는 「마틸다 씨, 뛸 수 있겠어?」 하고 확인했다.

마틸다는 어깨를 들썩이며 「어, 어떻게든……」 하고 중얼거렸다. 여기까지 오면서 체력을 소모한 것 같았다.

아네트가 「나님이 짐을 들게요!」라며 마틸다의 공구함을 뺏었다. 마틸다가 고맙다며 머리를 숙였다.

모녀의 유대를 재확인하고서 티아는 망원경을 들여다보는 선도역에게 물었다.

"모니카, 다음은 어디로 가야—."

"……."

전에 없이 진지한 모니카의 표정을 보고 저도 모르게 말을 멈추고 말았다.

또 설치한 거울을 보고 있는 듯했다.

"티아."

망원경을 든 채 모니카가 중얼거렸다.

"몰려드는 군인의 수를 어떻게 줄일 거야?"

"접근해서 발연 장치를 설치하고 물러나는 걸 반복한다고 정해뒀잖아."

"어려울걸. 첫 번째 발연 장치에 동요가 없어. 상당히 통솔이 잘 잡혀 있어."

냉정한 지적에 티아는 입술을 깨물었다.

이렇게 흐트러지지 않는 것은 바르트 대위의 지휘 때문일까.

예상보다 군인의 수가 줄어들지 않았다. 장기전이 될지도 모른다.

"그래. 하지만 위험을 피하려면 이 방법밖에—."

"또 물러 터진 소리 하지."

모니카는 불손하게 웃었다.

"아무도 안 다치고, 아무도 위험에 노출하지 않고— 착한 아이의 방법이야."

"그럼 다른 방법이 뭐가 있는데?"

"멋진 방법이 있지."

모니카는 망원경을 집어넣었다. 대신 꺼낸 것은 모니카가 애용하는 리볼버였다.

"아네트, 적당한 폭탄과 연막탄 좀 줘."

티아가 제지하기 전에 아네트는 무기를 건넸다.

모니카는 폭탄을 전방으로 던졌다. 그리고 공중에 뜬 폭탄을 권총으로 저격하여 군인들 쪽으로 날렸다.

직후, 어두운 밤을 날려 버리는 듯한 업화와 폭발음이 터졌다.

"—윽!"

"마틸다 씨를 데려가."

티아는 아연해했지만 작은 동료들의 결단은 빨랐다. 에르나와 아네트는 마틸다의 팔을 좌우에서 동시에 잡고 달리기 시작했다.

그녀들의 모습이 가려지도록 모니카는 연막탄을 던졌다.

티아는 아직 움직이지 못했다. 폭탄 소리를 듣고 군인들이 잇따라 달려왔다. 이런 전장에 동료를 혼자 두고 갈 수는 없다.

"너, 죽을 셈이야?!"

"그럴 리가."

이후 모니카의 행동은 아예 이해 범주를 벗어나 있었다.

후드와 마스크를 써서 얼굴을 가리고— 트럭 뒤에서 뛰쳐나갔다.

모니카는 소총을 무장한 군인들 앞에 떡하니 모습을 보였다. 미소까지 짓고서.

"찾았다!!"

당연히 군인들은 모니카의 모습에 반응했다. 사살 허가는 내려진 모양이었다. 주저 없이 모니카에게 소총을 겨눴다. 군인 다섯 명이 동시에 사격 자세를 취했다.

조명이 향하여 마치 무대처럼 한 소녀를 비췄다.

모니카는 유유히 소도를 꺼내 역수로 잡았다.

“요전번에 클라우스 씨가 시체의 총알을 단검으로 튕겼잖아?”

티아 쪽으로 시선을 보내지 않고 말했다.

이 긴박한 상황에서 무슨 소릴 하는 걸까.

모니카가 말한 일은 티아도 목격했다. 클라우스는 시체가 쏜 총알을 대수롭지 않게 튕겼었다. 초일류 스파이가 터득하는 고등 기술이었다.

모니카는 태연하게 말했다.

“나도 할 수 없으려나?”

“뭐—?”

바보 같은 짓이다. 티아는 마침내 의도를 파악하고 전율했다.

모니카는 그 기술을 연습도 하지 않고서 시도해 보려는 것이다.

군인 상대로! 여러 명을 동시에! 실탄으로!

미친 짓이었다.

모니카는 길게 심호흡하고 군인들을 응시했다.

중얼거리는 소리가 들려왔다.

“……각도…… 거리…… 속도…… 타이밍…… 초점과 반사가 없으니 그나마 낫나…….”

계산하고 있었다. 연산 능력만으로 총알을 무찌르려는 것이다.

말려야 한다. 하지만 모니카는 완전히 집중해서 티아의 목소리에

귀를 기울일 것 같지 않았다.

군인 측에서 크게 호령이 울렸다.

"쏴라! 스파이를 놓치지 마라!"

또렷하게 울리는 목소리는 바르트 대위일까. 최전선에 선 다섯 명의 소총이 동시에 불을 뿜었다.

직후, 키잉 하고 경쾌한 소리가 울렸다.

"——!!"

모니카는 태연하게 서 있었다. 다치지도 않고.

—총알 네 개를 피하고 하나를 튕겼다.

놀란 사람은 티아뿐만이 아니었다. 사격한 군인들도 굳어 있었다.

바르트 대위도 아연해했다. 다음 사격 명령을 내리지 않았다.

"뭐야."

모니카만이 득의양양하게 미소 지었다.

"의외로 간단하네."

모니카는 소도의 측면을 확인하고 티아를 힐끗 보았다.

"내가 미끼가 되겠어. 꼬맹이 돌보는 건 너한테 맡길게."

"……읏!"

티아는 달리기 시작했다.

이제 망설임은 없었다. 연막 속으로 뛰어들어 에르나와 아네트의 흔적을 쫓았다.

뒤에서 모니카의 목소리가 들렸다.

"죽이지 않을 정도로 상대해 줄게, 바르트 대위."

모니카가 총을 쏴서 조명을 깬 모양이다. 주위가 단숨에 어두워졌다.

그리고 달려 나간 듯했다. 티아와는 반대 방향으로.

소총의 발포음이 끊임없이 울렸지만 점차 티아에게서 멀어졌다. 모니카가 군인들을 유인하고 있는 것이다.

'동료가 되자마자 엄청나게 믿음직스럽잖아……!'

이쯤 되니 칭찬할 수밖에 없었다. 모니카의 헤아릴 수 없는 재능을.

모니카의 활약으로 바르트 대위의 통솔은 흐트러지기 시작했다.

항구 주변은 혼돈에 빠졌다.

◇◇◇

항구에서 조금 떨어진 건설 중인 호텔에—.

한심한 비명이 울렸다.

"히이이이이이이이이익!"

한 남자가 울상을 짓고서 전속력으로 도주 중이었다. 일심불란이라는 표현이 적합했다. 이를 내보이고 팔을 크게 휘저으며 마치 어린애처럼 뛰었다. 클라우스가 쏘는 총알을 아슬아슬하게 피하며 계속 달리고 있었다.

클라우스는 권총 탄환을 다시 장전했다.

"스파이가 일반적으로 낼 소리는 아니야."

"시끄러워어어어어! 너 같은 괴물을 상대할 수 있겠냐고오오오오!"

남자는 바닥과 기둥뿐인 공간을 계속 달렸다. 바닥에는 건설 도구들이 흩어져 있었지만 솜씨 좋게 피했다.

클라우스는 석연치 않은 기분으로 쫓았다.

티아 일행과 연락이 되지 않는 이유는 상상이 갔다. 아네트의 관계자가 도망치는 걸 도울 생각이리라. 그것이 옳은지 그른지는 차치하고, 우려할 사항은 그 스파이의 동료였다.

실패한 동포를 위기에서 구하는 『화염』처럼 제국의 실력자가 찾아오지 않을까.

그렇게 경계했고 수상한 분위기를 풍기는 남자를 찾아냈다.

그리고 인적 없는 곳에서 습격하여 지금에 이르렀지만— 묘하게 하찮았다.

'이 남자는 뭐지……?'

잔챙이를 상대하는 기분이 들어서 클라우스는 곤혹스러웠다.

"무진장 빠르네! 젠자아아앙!!"

남자는 아우성치면서 멀어졌다.

니트 모자와 마스크 때문에 그의 얼굴은 분명하지 않았다. 20대 남성이겠지만 확신은 가질 수 없었다.

'도망은 잘 치는군…….'

클라우스는 전력의 70%를 내고 있었다. 얕보고 있지는 않았다.

이유는 둘. 함정을 경계해서. 그리고 대부분의 적은 70%의 힘으로 압도할 수 있으니까.

그런데 남자를 따라잡을 수 없었다.

총을 쐈지만 남자는 아슬아슬하게 피했고 도주 속도를 늦추지 않았다.

'상당한 속도로 쫓고 있는데 말이지. 그런대로 실력자인가.'

하지만 출구는 릴리의 독거품으로 봉쇄됐다. 돌파할 수 없다.

뛰어내릴 수단은 있지만 상관없다. 가차 없이 추격타를 가할 뿐이다.

"쯧! 체력 승부가 되어 버리겠어!"

적도 불리함을 알아차린 듯했다. 혀를 찼다.

"하지만 이길 수 있을 리가 없지!"

남자는 위층을 택했다.

이 고층 호텔은 아래층부터 건물을 쌓아 올리고 있었다. 1층부터 7층까지는 공사용 가설 발판이 없다. 하지만 7층에서 8층으로 가는 길에는 발판이 조립되어 있었다. 그것을 이용해 남자는 저격총을 껴안은 채 8층으로 도망쳤다.

클라우스도 바로 쫓았다.

8층은 벽은커녕 바닥조차 건설되어 있지 않았다. 철골이 그대로 드러나 격자 형태로 짜여 있을 뿐이었다. 발을 삐끗하면 7층 바닥으로 추락한다.

클라우스는 철골 위를 솜씨 좋게 달리는 남자를 향해 총을 쐈다.

작게 비명을 지른 남자는 비틀거리며 단검으로 총알을 튕겼다.

'저걸 할 줄 아는 스파이는 한정되어 있는데…….'

하찮은 태도에 비해 범상치 않은 기술을 보였다.

—누구지?

클라우스의 지식에는 없었다. 대외정보실이 파악하지 못한 스파이인 것 같았다.

"격투가 특기인 모양이야."

클라우스는 철골 위에서 발을 멈추고 말을 던졌다.

"덤비는 게 어때. 이길 수 있을지도 모르잖아?"

"도발하지 마."

남자 또한 발을 멈췄다.

"죽을걸? 내가."

남자는 어이가 없다는 듯 고개를 가로저었다. 그리고 웅크려 앉았다.

"나는 인텔리야. 몰래 잠입하고 몰래 돌아가는 스타일. 싸우는 건 사양이야."

"그런 것치고는 잘 움직이는 것 같은데."

"시끄러워. 그래서 심부름센터처럼 이용당한다고."

혀를 차는 소리가 들렸다.

얼굴 대부분을 가렸지만 씁쓸한 표정을 짓고 있는 것 같았다.

'아무렇지도 않게 대화도 받아 주는군. 기묘한 녀석이야.'

위화감이 심해졌다.

여유로운 것인가, 두려워하는 것인가.

"대화로 정보를 캐낼 생각이면 나한테도 가르쳐 줘."

남자도 물었다.

"『담수』라는 우리 쪽 스파이랑 연락이 안 돼. 당신네가 잡았어?"

"그게 누구지?"

"시체처럼 빼빼 마른 남자야. 로맨티시스트고, 자기가 되게 잘난 줄 알아."

짚이는 사람은 있었다.

『시체』일 것이다. 제국에서는 『담수』라는 코드 네임이 붙었나 보다. 로맨티시스트인지는 모르겠지만.

클라우스는 의외라는 듯 놀란 연기를 했다.

"모르겠군. 너 정도의 실력자가 굳이 조사하는 남자인가. 경계해 두지."

"만만치 않네. 뭐, 예상은 가지만."

거짓말일 것이다. 간파당할 만한 거짓말을 하는 추태는 부리지 않았다.

대화해도 서로 속을 떠보느라 무의미한 이야기만 나누게 될 뿐이다. 진척이 없다.

"……네가 누구인지는 생포해서 알아내면 되겠지."

맞붙어 버리면 이제 속임수 싸움의 영역이 아니다. 순수한 격투 기술이 좌우한다.

"나도 살짝 진심으로 싸우겠어."

클라우스는 권총을 집어넣고 단검을 들었다.

"그러지 마……."

남자는 울 것 같은 목소리를 냈지만 봐줄 이유는 없었다.

철골을 한번 강하게 걷어차서 철골 위를 달리는 게 아니라 미끄러졌다.

높은 습도 탓인지 축축하게 젖은 철골은 마찰 저항이 없었다. 뛰는 것보다 훨씬 빨리 남자 곁에 도달한다.

남자가 다시 몸을 물렸지만 클라우스의 속도가 훨씬 앞섰다. 한 번 더 철골을 걷어차 미끄러지는 속도를 높이고 남자의 목을 향해 단검을 찔렀다.

남자는 오른팔을 내밀어 아슬아슬하게 막았다. 옷 밑에 뭔가 넣은 것 같았다. 금속끼리 부딪치는 소리가 울렸다. 하지만 충격까지 죽이지는 못했다.

클라우스는 힘으로 밀어붙여 남자를 철골에서 떨어뜨렸다.

남자의 몸이 공중에 떴을 때— 가차 없이 저격.

클라우스가 쓰는 총은 리볼버였다. 속사에 특화시켜 기술을 갈고닦았다. 단검에서 총으로 바꿔 들고 발포하기까지 순식간이었다. 총알 두 발이 남자에게 향했다.

한 발은 단검에 튕겼고 다른 한 발은 남자의 뺨을 스쳤다. 마스크가 벗겨졌다.

"크, 진짜 너무 강해……."

남자는 7층 바닥에 추락하여 신음했다.

클라우스는 가볍게 7층에 착지했다.

이대로 압도하여 구속한다— 그럴 예정이었지만.

"——."

경솔하게도 클라우스는 발을 멈췄다.

추락하면서 남자의 니트 모자가 벗겨져 있었다. 마스크도 벗겨져서 얼굴이 드러나 있었다.

말문이 막혔다.

깔끔한 머시룸 헤어가 눈길을 끄는 형태였다. 젊디젊은 20대 초반이라는 것이 판명됐지만, 머리 모양에 지워져서 그 이상의 인상은 품을 수 없었다.

"아~ 너도 그런 반응인가."

남자는 자신의 머리를 매만졌다.

"좋지 않아? 이 헤어 스타일, 꽤 마음에 들어."

"아니야."

클라우스는 부정했다.

깜짝 놀란 것은 얼굴이 낯익기 때문이었다. 머리 모양은 다르지만, 예전에 그와 조우했었다.

"너와 만나는 게 두 번째라 놀란 거야."

"뭐?"

"앤디 연구소."

제국의 기관이다. 제약 회사를 빙자하여 극비리에 제국 육군이 과학 실험을 하는 곳이었다.

클라우스가 잊을 리 없다.
아까까지는 확신할 수 없었다. 예전에 그와 만났을 때는 거리가 있었다.
하지만— 이 순간, 클라우스는 알았다.

“『거광』을…… 내 스승님을 사살한 스나이퍼지?”

생존할 가망이 있었던 기드의 목숨을 빼앗은 저격수—.
클라우스가 당황한 것은 스나이퍼의 이미지와 눈앞의 인간이 달라서였다.
비명을 지르며 꼴사납게 도망치는 남자. 그가 바로 자신이 찾던 상대라는 말인가?

“—네가 『뱀』인가?”

『화염』의 멤버를 모조리 죽이고 스승의 목숨을 빼앗은 정체불명의 기관.
클라우스의 복수 대상.
“…….”
남자는 말없이 일어나 더러워진 옷을 털었다.
“그 거리에서 보였나. 진짜 괴물이네.”
줄곧 소중히 품고 있던 저격총을 보며 머리를 쓸어 올렸다.

"최악이야. 내 생존율이 더 떨어졌잖아."

여전히 두려워하는 감정을 숨기지 않고서 남자는— 후에 『흰거미』라고 이름을 밝히는 스파이는 입꼬리를 올렸다.

◇◇◇

티아는 다른 동료와 합류하고 창고를 찾아내 잠복했다. 창고는 굳게 잠겨 있었으나 아네트가 가스 토치로 자물쇠를 끊어 버렸다.

모니카의 「눈」이 없어도 에르나의 「감」이 남아 있지만, 항구가 혼란에 휩싸인 상황에서는 이용하기 어려운 것 같았다. 불행의 조짐이 여기저기서 발생 중이라고 했다. 에르나의 직감으로 전부 포착하기는 힘들었다.

군인의 통솔이 흐트러진 것은 명백했다.

"모니카 언니가 날뛰고 있어."

에르나가 중얼거렸다.

모니카는 지금도 몇십 명의 군인에게 쫓기며, 쏟아지는 총탄 속에서 목숨을 건 도주극을 펼치고 있을 터다. 상대를 죽이지 않는다는 핸디캡도 짊어지고.

모니카가 만들어 낸 호기를 놓칠 수는 없다.

"타이밍을 봐서 각자 흩어져 컨테이너를 찾자. 파란색 3-896. 아네트, 무선은 준비됐니?"

티아는 치마 속을 덜그럭덜그럭 뒤지는 아네트에게 말했다.

아네트는 작은 무선기 네 개를 꺼냈지만 곧장 고개를 갸웃했다.

"나님, 준비 안 됐어요! 무선기가 고장 났어요!"

"뭐……?"

생각지 못한 비상사태에 곤혹스러워하는데 옆에서 마틸다가 끼어들었다.

"저어, 아마 육군 사람들의 무선과 혼선된 게 아닐까요……."

"조정할 수 있어?"

"네. 5분이면 돼요."

마틸다는 도구를 빌리겠다며 아네트에게서 기재를 빼앗아 무선기를 조정하기 시작했다. 솜씨 좋게 분해하고 배선을 만지작거렸다. 손이 거침없이 움직였다. 옆에서 아네트가 들여다보며 「나님, 공부가 돼요!」 하고 즐겁게 중얼거렸다.

"……아."

옆에서 에르나가 나직이 중얼거렸다. 에르나의 불안은 전해졌다.

―마틸다는 제국의 스파이다.

의외로 우수한 공작원일지도 모른다. 기계에 관해서는 능력이 높을 것이다.

자신들이 도주를 도우려고 하는 존재였다.

"……."

물론 티아도 아무 생각이 없지는 않았다.

창고에 군인이 들어왔다. 비만 기가 있는 풍채 좋은 남자였다.

""""――!""""

에르나, 아네트, 마틸다가 순식간에 경계 태세를 취했다.

티아는 말했다.

"진정해, 내 협력자야."

낮에 티아는 딱 한 명 군인을 설득하는 데 성공했다. 쓸쓸하게 혼자서 식사하는 남성을 유혹하여 협력자로 끌어들였다.

"노, 놀라게 하지 마."

에르나가 크게 숨을 내쉬었다.

"미안. 잘 합류할 수 있을지 알 수 없었거든."

거짓말이었다. 티아는 일부러 이 사실을 동료에게 밝히지 않았다.

남자에게 현재 배치 정보를 받고 교란 지시를 내렸다. 헤어지면서「답례는 다음에 할게」하고 귓가에 속삭이자 그는 얼굴을 붉히고 떠나갔다.

티아는 몰래 마틸다를 보았다. 마틸다는 이미 무선기 조정 작업으로 돌아가 있었다.

"……."

아무래도 마틸다와 마지막으로 대화를 나눌 필요가 있을 것 같았다.

"……휴우, 끝났어요~."

그 후, 마틸다는 눈 깜짝할 사이에 작업을 끝냈다.

티아는 고개를 끄덕였다.

"응, 그럼 가자."

창고에서 나온 소녀들은 전력으로 달려 발착장으로 다가갔다. 다른 화물선에 실릴 컨테이너 수십 개가 늘어서 있었다. 그 외에도 나무 상자와 나무통이 쌓여 있어서 다행히 숨을 곳이 부족하지는 않았다.

몇 명 남아 있던 군인들은 티아가 포로로 만든 군인의 거짓말을 믿고 다른 곳으로 움직였다.

빠짐없이 항구를 비추던 조명은 깨져 있었다. 이건 모니카의 공적이었다. 어두워지더라도 스파이로서 단련받은 자신들은 문제없이 밤길을 달릴 수 있다.

찾고자 하는 컨테이너는 이 혼란 속에서 어딘가에 방치되어 있을 터다.

여기서부터는 각자 수색한다. 아네트와 에르나가 흩어졌다.

"마틸다 씨."

하지만 티아는 마틸다 곁을 떠나지 않았다. 동료와 헤어지고 말을 걸었다.

"……잠깐 얘기할 수 있을까?"

"아뇨, 티아 씨. 지금은 컨테이너를 찾는 것에 집중하죠."

"정말 잠깐이면 돼."

"빨리 찾지 않으면 다른 사람이 위험해질지도 몰라요."

대화를 시도했으나 마틸다는 전혀 응하지 않았다.

적어도 3초 시선을 마주치면 욕망을 읽어 낼 수 있다.

하지만 상대는 끊임없이 시선을 움직여 그 기회를 주지 않았다.

"마틸다 씨, 이건 필요한 일이야."

티아는 더 참지 못하고 마틸다의 팔을 잡았다.

"가르쳐 줘. —당신 아까 군인을 죽이려고 하지 않았어?"

"……."

마틸다가 조용해졌다.

껄끄러운 화제가 나온 것처럼.

"당신한테서 살기를 느꼈어. 손에 쥔 드라이버로 목을 찌르려고 했어. 너무나도 익숙하게."

"……."

티아가 군인 협력자를 밝히지 않았던 이유— 마틸다의 본심을 확인하기 위해서였다.

"어떻게 된 거야? 당신, 사람을 죽인 적은 없다고 했잖아?"

"……."

"대답해. 만약 계속 묵비한다면— 나는 여기서 당신을 버릴 거야."

"흐응~."

마틸다는 귀찮다는 얼굴로 티아의 손을 뿌리쳤다. 평소의 저자세와는 다른 난폭한 움직임이었다. 그리고서 양손으로 입을 가렸다. 마치 웃음을 숨기듯.

지금껏 보여 준 적 없는 태도였다.

"—혹시 이제 와서 나를 의심하는 건가요~?"

"——!"

귀에 들러붙는 끈적끈적한 목소리였다.

마틸다의 손가락 사이로 억눌린 웃음소리가 들렸다.

"너무 늦었어요~ 이제야 의심하기 시작하다니. 둔한 것도 정도가 있죠."

"……우리를 속인 거야?"

"네. 원래는 딸을 이용해서 출국할 생각이었지만, 여러분이 생각보다 쓸만해 보여서 따르기로 했어요. 덕분에 살았다니까요. 간단히 내 거짓말을 믿어 줘서."

"당신!"

티아는 쥐고 있던 권총을 들이댔다.

지금 상대는 이전과는 전혀 다른 측면을 보이고 있었다. 간과할 수는 없다.

"당신이 도망치도록 둘 순 없어. 여기서 쏘겠어!"

마틸다의 이마에 조준을 맞췄다.

하지만 상대는 겁내지 않았다.

"—쏘려면 쏘세요~."

티아를 도발하는 듯한 늘어지는 목소리였다.

티아는 방아쇠에 손가락을 걸었다.

"……진짜로 쏠 거야."

"네, 쏘세요. 하지만 딸에게 어떻게 설명할 건가요~?"

마틸다는 자신의 입에 붙인 양손을 작게 움직였다.

"엄마를 도울 예정이었지만 마음이 바뀌어서 죽였다— 그렇게 전할 건가요? 기대하게 해 놓고서? 너무하네요~ 제대로 된 증거도 없잖아요?"

"당신……."

"무리죠? 당신한테는 날 죽일 근거가 없어요. 내 연기는 완벽했어."

"……윽!"

"티아 씨, 너무 하찮아요. 물러 터져서 진짜 구워삶기 쉬웠어요. 선의를 이용하는 게 이토록 간단한 사람은 처음 봤어요."

단숨에 이야기한 후, 마틸다는 웃었다.

"이미 늦었어요. 이곳에 날 데려온 시점에 당신은 패배했다고요."

티아는 입술을 깨물었다.

갑자기 보여 준 마틸다의 본성에 화가 났고, 쏴야만 한다는 사명감에 사로잡혔다.

이렇게나 도발당하고 자신이 가만히 있을 줄 아는 건가?

제거해야 한다. 티아가 손가락에 힘을 줬을 때—.

"물론 농담이에요♪."

—마틸다는 입가에서 손을 뗐다.

보인 것은 온화한 성모 같은 미소였다.

"저는 티아 씨에게 고마워하고 있고 딸을 사랑해요. 귀국하면 반드시 스파이를 그만둘게요. 아까 그 살기는 조금 놀라서 그런 거예요. 이게 진실이에요. 스파이 선배로서 놀렸을 뿐이에요. 진심으로 받아들이지 말아 주세요."

"……으."

조금 전의 비웃음이 거짓말이었던 양 마틸다는 상냥하게 고개를 기울였다.

연하를 당혹스럽게 하는 장난꾸러기 언니— 그런 태도로 웃었다. 그 얼굴을 보고 있으니 마치 환상을 본 듯한 착각이 들었다.

"설마 농담을 진담으로 여기고 절 죽이지 않을 거죠?"

"……윽."

"당신의 동료는 저를 『엄마』라며 따르는데?"

"——!"

절망의 감정이 티아를 강타했다.

상대의 말대로다. 마틸다를 쏠 근거가 없었다.

군인에게 살기를 드러내서 죽였다— 그런 직감만으로 마틸다를 살해할 수 있는가?

신용할 수 없어서 죽였다— 그런 독단을 아네트에게 설명할 수 있는가?

마틸다의 말대로다. 티아는 이미 그녀에게 패배했다.

—마틸다의 본성을 읽을 수 없어도 그녀를 구해야만 한다.

손끝이 떨리며 힘이 들어가지 않았다. 죽일 수 없었다. 도저히 방아쇠를 당길 수 없었다.

무선기에서 목소리가 들렸다. 아네트였다.

《나님, 컨테이너를 찾았어요!》

마틸다는 웃었다.

“가죠, 티아 씨.”

“……그래.”

힘없이 중얼거리고 총구를 내렸다.

마틸다의 말이 진실인지 아닌지, 티아에게는 확인할 시간이 없었다.

방법도 없다. 눈을 마주치려고 시도하고 있지만 마틸다는 바로 시선을 돌렸다.

마틸다와 함께 이동할 수밖에 없었다.

아네트가 발견한 컨테이너는 발착장 변두리에 놓여 있었다. 어두워서 잘 보이지 않지만 파란색인 것 같았다. 측면에 『3-896』이라는 기호가 적혀 있었다.

잠금은 이미 아네트가 해제해 둔 상태였다. 컨테이너 문은 열려 있었다. 내용물은 밀가루인 것 같았다. 자루가 수북하게 쌓여 있지만, 여성 한 명이 들어갈 틈은 있었다.

마틸다는 주저 없이 그 틈으로 들어갔다.

“여기서 작별이네요. 여러분, 정말 고마워요.”

상냥하게 웃었다. 그것은 안도의 웃음일까, 승리의 웃음일까.

“……아네트.”

티아는 괴로운 결단을 내렸다.

“30초 줄게.”

"나님한테요?"

"작별 인사를 하고 와. 되도록 다정한 말을 건네도록 해."

최소한의 저항이었다. 딸의 정에 호소한다. 모친이 결코 딸과의 약속을 배신하지 않도록 아네트의 말로 설득할 수밖에 없다.

아네트는 어리둥절한 모습이었다. 의도가 전해지지 않은 것 같았다.

마틸다도 그저 상대를 마주 보고 있었다.

"…………."

"…………."

맨 처음 10초는 서로 침묵에 썼다. 레스토랑의 재래인가.

티아가 초조함을 느꼈을 때, 마침내 아네트가 입을 열었다.

"나님, 깜빡했어요."

짝 손뼉을 쳤다.

"공구함, 돌려줄게요!"

아네트는 발밑에 놓여 있던 공구함을 내밀었다. 체력이 없는 마틸다 대신 아네트가 도중에 대신 맡았었다.

"……."

마틸다는 그 공구함을 받지 않았다. 지그시 바라보다가 미소 지었다.

「——」 하고 아네트의 본명을 불렀다.

"같이 갈래? 나랑."

"거절할게요!"

아네트는 즉답했다.

"나님은 누님들이랑 함께하고 싶어요!"

"그래……."

마틸다는 고개를 끄덕였다.

"그럼 이 공구함은 돌려주지 않아도 돼. 줄게."

"그래도 되나요?!"

아네트가 눈을 반짝였다. 그리고서 아네트는 치마를 걷어 팔을 집어넣더니 또 다른 공구함을 꺼냈다.

"그럼 나님의 공구함을 선물할게요! 교환!"

마틸다는 눈을 동그랗게 떴다.

그 공구함은 마틸다가 사용하던 공구함과 완전히 형태가 똑같았다.

푸른 하늘 같은 코발트블루색 공구함.

"똑 닮았네……. 그랬구나, 만든 거구나."

마틸다가 중얼거렸다.

티아는 떠올렸다.

절도 그룹을 격퇴했을 때, 아네트는 마틸다의 공구함과 똑같은 정교한 복제품을 제작했다. 그것을 그녀는 그대로 자신의 공구함으로 삼았던 모양이다.

"엄마랑 세트예요!"

아네트가 웃었다.

마틸다는 신음했다. 복잡한 표정을 짓고서 딸에게 공구함을 받았다.

"……안녕."

"안녕이에요!"

그것이 최후의 인사였다.

아네트는 순진하게 웃으며 컨테이너를 닫았다.

"……."

티아는 그저 바라볼 수밖에 없었다.

딸의 마지막 말이 가슴을 두드렸다면 좋겠지만―.

"누님!"

아네트가 티아의 손을 잡았다.

"나님의 소원을 들어줘서 고마워요!"

하얀 이를 보이며 아네트는 웃었다.

티아는 아네트의 손을 강하게 맞잡았다.

'……그래, 생각해도 소용없어. 이 미소를 지키는 게 제일 중요한 목적인걸.'

어차피 돌이킬 수 없다. 선택을 후회해 봤자 아무것도 바뀌지 않는다.

지금은 그저 눈앞에서 무구하게 웃는 얼굴을 믿을 뿐이다.

첫 번째 싸움.

『등불』 선발조 소녀들과 웨르타 바르트 대위가 이끄는 육군의 싸움은 끝을 맞이했다.

군인들을 교란하고 훌륭하게 마틸다의 도주를 도왔다.

―『등불』 선발조의 승리.

◇◇◇

건설 중인 호텔에서도 싸움이 끝나려고 했다.

내내 압도한 것은 클라우스였다.

그렇게 싸운 끝에 적대하는 흰거미의 마스크를 벗겨 그의 얼굴을 확인했다.

스승인 기드를 쏴 죽인 남자—.

'이 녀석이 『뱀』의 멤버…….'

클라우스는 다시 단검을 쥐었다.

생각지 못한 우연에 경악하긴 했으나 최대의 기회였다. 그의 자백을 받으면 기드가 배신한 이유도, 『뱀』의 존재도 밝혀진다.

중심을 앞으로 기울이고 세게 바닥을 밟았다.

"그러니까아아! 의욕적으로 날 쓰러뜨리려고 하지 말라고!!"

흰거미는 비명을 지르고 뒷걸음질 쳤다.

역시 그 한심한 태도는 일류 실력자라고 생각할 수 없었다.

하지만 그것이 그의 스타일이리라. 실력 차이를 올바르게 인식했다. 아무것도 깨닫지 못하고 멋대로 라이벌로 정했던 『시체』보다 훨씬 이지적이다.

"나보다 강한데 여유가 없는 건 좀 그렇지 않아?"

흰거미는 이마에 맺힌 땀을 닦았다.

"네 진짜 실력은 알았어. 나로서는 승산이 없어. 지릴 뻔했어."

목숨을 구걸하기 시작할 것 같지는 않았다.

쓸데없는 저항을 하기 전에 구속한다. 클라우스는 판단했다.

"가까이 오지 마, 괴물."

흰거미는 줄곧 껴안고 있던 저격총을 들었다.

"만약 한 발짝이라도 다가오면 이걸 쏠 거야."

총구를 겨눈 곳은 클라우스—가 아니라 거리 방향이었다.

클라우스는 코웃음 쳤다.

"위협도 되지 않는군. 막무가내로 쏴 봤자 아무한테도 안 맞아."

흰거미는 저격총을 한 손으로 들고 옆으로 팔을 뻗은 자세였다.

항구까지는 약 1km. 조준경을 쓰지 않고 맞출 수 있는 거리는 아니다. 설령 겨냥했더라도 한 손으로 쏜다면 반동 때문에 총알이 똑바로 날아가지 않을 터다.

"뭐, 시도해 본 적은 없지만."

흰거미는 실실 웃었다.

"—아마도 맞출 수 있어."

"……."

목소리에는 예언 같은 섬뜩함이 있었다.

허풍이 아니다. 그도 인간을 벗어났다고 표현해야 할 영역에 도달해 있는 모양이다.

"비겁하다고는 하지 마. 내가 보기에는 네 존재 자체가 치트야."

흰거미는 총을 내리지 않고 말을 계속했다.

"서로 불행하네. 너는 나랑 만난 장소가 너무 안 좋았어."

"……."

"네 약점은 배웠어. ―국민을 누구도 죽이게 두지 않아. 『화염』이 사랑하고 지켜 낸 사람들을 잃는 짓은 안 해. 맞지?"

"……."

클라우스는 움직일 수 없었다.

증오스러운 상대를 눈앞에 두고서, 배알이 뒤틀리는 격양을 느끼면서, 그 지저분한 수법을 경멸하면서― 움직일 수 없었다.

세계 최강을 자부하는 실력을 봉인당했다.

"안타깝지만 네 정보는 전부 누설됐어. 배신한 너의 스승이 전부 가르쳐 줬지. 외모도. 소망도. 약점도. 능력도. 얼굴 사진과 함께 말이야. 아무리 대단해도, 설령 세계 최강이어도― 정보가 누설된 스파이는 대처할 수 있어."

정보의 절대적인 어드밴티지가 클라우스의 앞을 막아섰다.

기드가 배신하여 클라우스의 정보는 제국에 유출됐다.

흰거미는 입을 다문 클라우스를 보고 우쭐해졌는지 즐겁게 말을 이었다.

"저기 있는 호텔에 폭탄을 설치했어. 로비의 소파 밑에. 5분 후에 폭발해."

"허풍인가?"

"―아니라는 건 간파할 수 있잖아?"

자신의 기술도 파악하고 이용했다. 흰거미의 책략을 타파할 수 없었다.

흰거미는 철저히 준비했을 것이다. 만일의 최악을 상정하여 클라우스가 왔을 때의 대처법을 마련했다. 그래서 갑작스러운 만남에도 대응할 수 있었다.

반면 클라우스는 흰거미를 몰라서 아무런 대책이 없었다.

우뚝 솟은 정보 격차의 벽.

“이쯤에서 타협하자고. 나도 죽고 싶진 않아.”

“……그래. 넘어가 주지.”

제안을 받아들일 수밖에 없었다.

선택의 여지는 없었다. 군인이 사살되는 것을 전제로 흰거미를 치는 짓은 채용할 수 없다. 이대로 움직이지 않으면 폭탄을 해제하러 갈 수 없다.

“질문이다.”

클라우스는 단검을 품에 넣었다.

“……스승님은 어째서 배신했지?”

“가르쳐 주면 너도 배신해 줄 거야?”

고개를 가로저었다. 흥정할 생각도 들지 않았다.

흰거미는 「그렇겠지」라며 작게 말했다.

“그럼 나도 질문 하나. 나를 상사에게 보고할 거지?”

“네 얼굴은 기억했어. 몽타주를 그릴 수 있을 정도로 말이야. 다시는 이 나라에 못 들어올 거다.”

“지명 수배범인가. 어떤 이름이 붙을까?”

“이름?”

"지명 수배하려면 필요하잖아?"

왜 그런 것을 신경 쓰지.

예를 들어 제국에서 『담수』라는 코드 네임을 가진 암살자가 있었지만, 당연히 딘 공화국은 그 이름을 몰랐다. 『시체』는 대외정보실의 실장이 지은 이름이었다.

아마 클라우스의 눈앞에 있는 남자도 이름이 붙을 것이다.

클라우스는 보이는 인상을 그대로 대답했다.

"버섯남."

"『흰거미』로 부탁해. 역시 너무 멋없어."

그것이 그의 코드 네임인가. 금방 변경될지도 모르지만 기억해 뒀다.

"흰거미, 결판은 다음에 만났을 때 내지."

"나는 두 번 다시 만나기 싫지만 말이야!"

흰거미는 힘차게 외쳤다. 어째선지 끝까지 조무래기 같은 느낌을 주는 남자였다.

"다음에는 최적의 상대를 파견시킬 거야. 널 막는 방법은 확인됐어."

흰거미는 입꼬리를 올리고 자신의 머시룸 헤어를 쓸어 올렸다.

"어차피 끝이야. 너만 정보가 유출된 게 아니야. 공화국의 실력자도 유망주도 전부 누설됐어. 무슨 말인지 알아? 누가 오든 처리할 수 있어. 누구든 물리칠 수 있어. 네 스승이 배신한 시점에 너희 나라에 희망은 없어."

흰거미는 의기양양하게 고했다. 그의 표정에는 진심에서 우러나

온 여유가 배어 있었다.

하지만 클라우스도 어떤 확신을 얻은 상태였다.

"—안심했어."

"뭐?"

흰거미는 언성을 높였다.

"『뱀』이 얼마나 위협적일까 싶었는데, 대단치 않은 것 같아."

적을 과대평가했다. 그 어리석음을 깨닫고 클라우스는 말했다.

"나를 일시적으로 피한 것 정도로 우월감에 잠기는 상대라면 수준이야 뻔하지. 『뱀』의 다른 멤버도 너와 똑같은 수준인가? 너무 낙담시키는데."

가슴을 쭉 펴고 고했다.

"내게는 비장의 패가 일곱 장 있어."

제국조차 파악하지 못한— 일곱, 정확히는 여덟 소녀.

확신했다. 역시 그녀들이야말로 『뱀』을 해치울 비장의 패다.

흰거미와 시선을 맞부딪쳤다.

상대가 지은 표정은 짜증일까, 당황일까, 아니면 우월감일까.

머지않아 재회할 것이다.

클라우스는 그런 예감을 느꼈다. 흰거미 또한 그랬을지도 모른다.

두 번째 싸움— 건설 중인 호텔에서 벌어진 싸움은 이리하여 끝을 맞이했다.

흰거미는 도주에 성공했지만 자신의 얼굴을 밝히고 말았다.

클라우스는 『뱀』의 정보를 얻었지만 흰거미를 놓치고 말았다.

양자가 타격과 정보를 손에 넣으며 종결— 무승부.

◇◇◇

그리고 남몰래 시작된 **세 번째 싸움**도— 남몰래 끝을 맞이했다.

에필로그 망아

흰거미는 오토바이를 타고서 간선 도로를 달리고 있었다.

다행히 지명 수배되기 전에 육군의 포위망을 돌파할 수 있었다. 클라우스는 자신의 구속보다 폭탄 처리를 우선한 모양이다. 구사일생했다. 역시 정보의 이점은 컸던 것 같다.

하지만 만사가 잘 풀린 것도 아니었다.

이번 만남은 클라우스도 흰거미도 예측하지 못한 사태였다.

'젠장, 최악이야…….'

짜증을 억누를 수 없어서 혀를 찼다.

'내 얼굴을 완전히 기억해 버렸어. 『뱀』의 멤버라는 것도 눈치챘고.'

사전에 정보를 알고 있었지만 직접 보니 몸이 떨렸다.

그것은 틀림없이 괴물이다.

전설의 스파이팀 『화염』의 모든 기술을 이어받은 남자.

흰거미가 소속된 『뱀』에서도 그 남자를 일대일로 상대할 수 있는 사람은 세 명 전후이리라. 총력을 기울이면 죽일 수 있겠지만, 시골 국가의 스파이 하나 상대하겠다고 세계 각국에 흩어진 동료를 소집할 수 있을까. 그럴 가치는 있을지도 모르지만―.

생각해야 할 일이 수두룩했다. 그러나.

"뭐, 그 괴물한테서 도망친 것만으로도 다행이지."

그렇게 일단 한숨 돌리기로 했다.

클라우스 생각을 그만두니 다른 일이 신경 쓰였다.

'그 학대 아줌마는 무사할까?'

원래는 그녀가 궁지에 몰려서 달려온 것이었다. 도움을 요청한 주제에 흰거미를 간단히 쫓아내 버렸지만. 제멋대로다.

'어째선지 화톳불의 부하는 그 여자의 도주를 돕고 있는 것 같은데…….'

의문이었다.

흰거미는 그녀를 도울 이유를 하나도 찾을 수 없었다.

『애초에 저랑 그 애는 피가 섞이지 않았어요.』

그녀의 말이 귓가에 남아 있었다.

『역의 쓰레기통에 버려져 있던 갓난아기죠. 저는 그걸 스파이 활동에 이용하려고 주웠어요. 그래서 애정 따위 처음부터 없어요. 제 딸이 되도록 성형시키고, 한쪽 눈을 못 쓰게 만든 건 불쌍하다고 생각하지만요.』

—그래서 학대했다는 건가?

『응? 아닌데요~? 때린 이유는 따로 있어요.』

—따로 있다고?

『기분 나빴으니까. 그뿐이에요. 무슨 생각을 하는지 알 수 없어서, 소름 끼쳐서……. 그것은 분명 버려진 채로 뒀어야 할, 존재 자체가 잘못된 아이예요.』

마틸다는 담담히 고했다.

『그 섬뜩함은 직접 체감해야 알 수 있어요. 자랄수록 점점 이해할 수 없는 무언가가 됐죠……. 무서워서 몇 번이고 몇 번이고 때렸더니 다행히 기억을 잃어서 갖다 버렸어요. 하지만 지금 생각해 보니 불충분했어요. 불량품은 확실하게 처분해야 해.』

그 의견에는 동감이었다. 정보 누설을 막기 위해 책략을 강구하는 편이 좋다.

하지만 수단이 너무 악질이었다.

『엄마의 선물로 이 공구함을 줄 거예요. 안에는 폭탄이 장치되어 있어요. 마지막 순간까지 저는 선량한 엄마를 연기하여 딸을 폭살시킬 거예요.』

흰거미도 말문이 막혔다.

딸을 사랑하는 연기를 계속하여, 목숨 걸고 자신을 구하게 하고, 마지막에 죽인다는 뜻이니까.

—일단 확인하겠는데, 네 본성은 들키지 않은 거겠지?

그렇게 묻자 마틸다는 자랑스럽다는 얼굴로 웃었다.

『괜찮아요~ 저는 완벽하게 연기하고 있어요. 확실하게 딸을 구슬렸어요.』

마틸다는 단언했다.

『아이들은 저를 죽일 생각조차 못 해요.』

표정은 선량한 엄마를 완벽하게 연기했다는 자신감에 차 있었다.

그때 일을 떠올리고 흰거미는 한숨을 쉬었다.

'기분 나쁜 걸로는 『뱀』에서도 지낼 수 있을 만한 수준이야.'

앞으로 이용해도 좋지 않을까. 쓰고 버리기에는 유용할 것 같다.

무엇보다 마틸다는 귀중한 정보를 갖고 있을지도 모른다. 그게 발각됐다.

—내게는 비장의 패가 일곱 장 있어.

화톳불이 한 말이다. 유난히 자신만만한 태도였다.

"……합류하면 꼬맹이들의 정보를 들어 둬야겠어."

정보가 없는 정체불명의 낙오자들. 가능하다면 알아 두는 것이 가장 좋다.

—올바르게 두려워하라. 올바르게 깔봐라.

자신의 신조를 되뇌었다. 어쨌든 화톳불과는 금방 재회할지도 모른다.

『담수』가 붙잡혔다. 공화국에서는 『시체』라며 두려워하던 암살자였다.

심문 끝에 그가 정보를 토했다면 『등불』은 흰거미의 계획을 방해할 터다.

◇◇◇

클라우스는 폭탄 해제에 착수했다.

흰거미가 선언한 대로 호텔 로비에 설치되어 있었다.

폭탄의 형태를 보면 그렇게 강력한 폭탄은 아니었다. 야간에 작렬해도 운 나쁘게 지나가던 인간을 죽일 수 있는 정도. 선의로 위력이 약한 폭탄을 설치하지는 않았을 것이다.

군더더기가 없었다. 최소한의 인간만을 죽여 목적을 수행한다. 힘에 취해서 대규모 살육을 되풀이했던 『시체』와 비교하니 총명함이 더욱 선명해졌다.

낙담했다고 클라우스는 말했지만, 실제로는 허세도 들어 있었다.

클라우스는 폭탄의 배선을 잘랐다.

"저는 잠깐 봤을 뿐이지만…… 버섯 같은 사람이었죠."

옆에 있는 릴리가 나직이 중얼거렸다.

그녀에게는 이미 사정을 이야기했다.

"그 사람이 『뱀』의 일원인가요. 설마 선생님에게서 도망칠 수 있는 사람이 있을 줄이야……."

"나중에 생각하자."

클라우스는 고개를 끄덕였다.

"우선은 녀석들과 합류할까."

클라우스는 항구로 가서 웨르타 바르트 대위를 찾았다.

거점이 된 창고 안에서 그는 수많은 무선기에 대고 세세히 지시를 내리고 있었다. 얼굴에서 피로가 배어났지만 해냈다는 만족감이 가득했다.

"네가 나설 자리는 없어."

입을 열자마자 그런 말을 했다.

"이미 적은 매장했다."

"호오."

"꽤 강적이었어. 네놈이 나섰다면 죽었을지도 몰라."

다른 군인도 자랑스럽게 웃으며 클라우스를 바라보았다.

일부러 아쉽다는 듯 어깨를 으쓱였다.

"그런가. 시체는 어디 있지?"

"바다로 몰아서 사살했다."

웨르타는 콧방귀를 흥 뀌었다.

"네놈의 조언 따위 도움이 안 되는군. 바다로 모는 게 훨씬 더 효율적이었어. 시체는 수색 중이지만 곧 건지겠지. 확인될 때까지 기다릴 건가?"

"아니, 먼바다로 흘러갔을지도 몰라. 웨르타, 훌륭한데."

클라우스는 박수를 보냈다.

상대방도 기분이 나쁘지는 않은 것 같았다. 가슴을 쭉 펴고서 한 방 먹였다는 듯 팔짱을 끼고 있었다.

그의 기분이 상하기 전에 클라우스는 물었다.

"그런데 너희가 사살한 스파이의 특징은? 여권 사진과 똑같은 얼굴이었나?"

"아니, 마스크를 써서 얼굴은 확인할 수 없었지만."

웨르타는 다소 우물쭈물하며 말했다.

"머리 색을 본 녀석은 있어. 청은발이다."

클라우스는 고개를 끄덕였다. 예상했던 대답이 나와서 만족했다.

릴리를 데리고서 군인이 분주하게 오가는 항구를 벗어났다. 도시 외곽으로 향했다. 호텔과 창고가 사라지며 이윽고 바가 띄엄띄엄 늘어선 작은 거리가 나왔다.

발밑에는 맨홀이 있었다.

분수가 있는 관광지다. 수도 시설은 잘 정비되어 있었다. 상수도는 물론이고 하수도도. 하수도는 그물처럼 도시 곳곳으로 뻗어 항구까지 이어져 있을 터다.

노린 대로 웨르타는 클라우스의 조언을 거스르고 스파이를 바다로 유도했다.

클라우스는 맨홀 뚜껑을 열었다.

"아, 클라우스 씨."

마침 사다리를 올라오던 모니카가 있었다.

"오랜만."

온몸을 바닷물로 적신 소녀가 작게 손가락을 흔들었다.

"……모니카, 거기서 뭐 해요?"

릴리가 물었다.

"산책?"

모니카는 표표히 시치미를 뗐다.

바닷물에 잠겨 하수도를 걷는 산책이 있다면 듣고 싶지만.

"—극상이야."

클라우스는 그저 칭찬했다.

비가 내리기 시작했다.

두꺼운 먹구름이 줄곧 끼어 있었는데 한계를 맞이한 모양이다. 차가운 비가 쏟아졌다. 있지도 않은 시신을 찾던 군인도 포기할 무렵이리라. 제국의 스파이를 사살했다는 보고가 올라갈 터다.

산책 계속할게. 그렇게 말한 모니카는 클라우스에게서 벗어나려고 했다. 군인이 회수하기 전에 자신의 도구를 가지러 갈 심산이리라.

"아, 맞다."

헤어질 때, 문득 생각났다는 것처럼 모니카가 말했다.

"뭐지?"

모니카는 가볍게 어깨를 으쓱였다.

"그런 녀석이 팀에 있으면 미리 좀 알려 주지 그랬어. 내 걱정 따위 기우였잖아. 쪽팔리게."

일방적으로 말하고서 모니카는 떠났다.

똑똑한 아이니 이미 뭔가를 깨달았을지도 모른다.

클라우스와 릴리는 모니카가 지시한 호텔로 갔다. 잡다한 음식점과 유흥업소가 늘어선 거리에 있는 저렴한 호텔이었다.

방문을 노크하자 티아의 조급한 목소리가 들렸다.

"모니카, 돌아온 거야?!"

곧장 문이 열리며 티아가 기뻐하는 얼굴로 나타났다. 직후, 눈을 동그랗게 떴다.

"서, 서, 선생님?!"

"떼끼, 요 녀서어어어어어어억!"

당황하는 티아와 문 사이를 비집고 릴리가 입실했다.

릴리가 전력으로 질주한 곳은 소녀가 앉아 있는 침대였다.

"에르나!"

"응?!"

갑자기 릴리가 달려들자 에르나는 눈이 휘둥그레졌다.

"그럼 안 되죠! 무단으로 안 돌아오다니! 무척 걱정했어요!"

어째선지 에르나를 집중적으로 공격했다.

릴리는 에르나를 끌어안고 집요하게 볼을 만지작거리기 시작했다. 비명을 지르며 저항하는 에르나의 양 뺨을 계속 잡아당겼다.

티아는 어색하게 눈을 내리깔았다.

"저, 저기, 선생님. 실은 연락이 안 된 것에는 깊은 이유가—."

"티아."

클라우스가 먼저 제지했다.

"네 행동이 신념을 따른 결과라면 마지막까지 관철해."

"어……?"

"너희가 무사하다면 됐어. 표정이 조금 단단해졌군."

일순 티아는 얼굴을 와락 일그러뜨렸다. 눈에 눈물이 맺히며 입을 우물우물 움직였다.

울음을 참은 것 같았다.

감추듯 눈꼬리를 훔치고서 티아는 혀를 내밀었다.

"선생님, 미안해. 휴가가 너무 즐거워서 돌아가는 날을 틀렸어."

"그런가. 다음부터는 보고를 게을리하지 말도록."

실제로 잔소리를 한두 마디 해 주고 싶은 마음도 있었다.

위험한 다리를 건넌 것은 틀림없고, 자신에게 상담했다면 다른 결말을 이끌었을 터다. 더 위험하지 않은 방법으로 트러블을 처리했을 것이다.

하지만 따로 놀던 네 사람이 협력하여 어려운 일을 달성했다는 성과보다 나은 것은 없었다.

못 본 척할 뿐이다.

침대에서는 여전히 릴리가 에르나의 빰을 꼬집고 있었다.

"떼끼, 요 녀석!! 뭘 흥청망청 노는 거예요! 에르나!"

"하디 먀아아아아!"

에르나의 비명이 방에 울렸다. 왜 에르나를 집중적으로 공격하는 걸까.

문득 알아차렸다.

"아네트는 어디 있지?"

방에는 회분홍 머리 소녀가 없었다.

티아가 난처해하며 눈썹을 찡그렸다.

"그게…… 혼자 있고 싶다고 고집을 부려서."

그랬군. 고개를 끄덕였다. 아네트가 갈 곳은 상상이 갔다.

지켜보고 있을 것이다. 싸움의 결말을.

◇◇◇

클라우스는 모니카의 불안을 헤아리고 있었다.

—『등불』의 멤버들은 냉혹함이 부족하다.

그녀의 염려는 정확했다. 그리고 정확하기에 당연히 클라우스도 눈치채고 있었다. 『등불』의 멤버를 모을 때, 소녀들에게 부족했던 자질이다.

스파이 세계는 호락호락하지 않다.

필요할 때는 한없이 냉혹해질 수 있는 스파이를 원했다.

수없이 양성 기관에 가서 조건에 부합하는 사람을 찾았다.

그 소녀와 만난 것은 요행이었다.

클라우스가 그 소녀에 관해 물었을 때, 양성 기관의 교관은 「그 아이는 절대 동료로 삼지 않는 게 좋다」라고 경고했다. 감당할 수 없어서 퇴학시킬 예정이라고도 했다.

코드 네임 『망아』.

기억 상실 소녀를 그대로 표현한 말—은 아닌 듯했다.

망아지경이란 표현이 있다.

이 표현은 세계 각지에 있다고 한다. 나 자신을 방치하고, 나 자신을 내버리고 등 미묘한 차이는 있지만 「몰두하는 것」 「격분하는 것」을 그렇게 비유하는 것은 세계 공통인 모양이다.

다른 것이 시야에 들어오지 않을 만큼 몰두한 상태— 망아지경.

실로 기묘한 표현이다. 망아지경에 빠진 인간이 잊어버리는 것은 오히려 자신 이외의 모든 것이 아닐까.

자신 이외의 모든 것을 잊고, 치솟는 충동을 최우선으로 한다.

남는 것은 나님이라는 굳건한 자아. 궁극적으로 순수한 자기중심주의.

클라우스는 그 소녀를 소집하기로 했다.

◇◇◇

내리기 시작한 비는 더더욱 거세져 클라우스의 우산을 세차게 때렸다.

아네트는 전망 좋은 절벽 위에 있었다.

클라우스와 흰거미가 싸웠던 호텔 근처였다. 항구를 일망할 수 있었다.

아네트는 비를 맞으며 쌍안경을 들여다보고 있었다. 클라우스가 다가가자 쌍안경을 눈에 댄 채 뒤돌며 「클라우스 형님!」하고 외치더니 「나님, 도주합니다!」라며 등을 돌리고서 뛰어가려고 했다.

"잡았다."

클라우스는 그 어깨를 잡았다.

"아네트, 술래잡기는 끝이야."

어째선지 아네트는 즐거워하며 「나님, 마침내 잡히고 말았어요!」하고 웃었다.

마치 어린아이의 유희 같았다.

클라우스는 우산 절반을 아네트에게 씌워 주며 항구를 바라보았다.

육군은 시신 수색을 포기한 모양이다. 스파이 살해를 확신하고 철수했다. 발착장에서는 하역 작업이 시작된 상태였다. 소동으로 늦춰진 일정을 되찾으려는 듯 척척 진행해 나갔다.

그리고 지금, 한 컨테이너가 크레인에 매달려서 올라오려고 했다.

“컨테이너를 보고 있었나.”

“네! 나님, 관찰 중이에요!”

아네트는 쌍안경으로 관찰하고 있었다. 탐조하는 어린아이처럼. 빗소리에 섞여 콧노래가 들렸다. 아네트의 오리지널송일까.

클라우스도 쌍안경을 꺼내 크레인에 매달린 컨테이너를 확인했다. 컨테이너 측면에 식별 번호가 적혀 있었다. 『3-696』. 그 번호와 항구에 반입되는 화물 자료를 대조한 클라우스는 모든 것을 이해했다.

“……내가 『등불』의 멤버를 모으면서 가장 고민한 사람은 너였어.”

아네트가 얼굴에서 쌍안경을 뗐다.

“음. 나님, 혹시 방해되나요?”

아니라며 고개를 가로저었다.

“너 혼자 가혹한 역할을 짊어질지도 몰라. 그걸 걱정했어.”

“나님, 뭔가 가혹한 역할을 짊어졌던가요?”

“……”

자각이 없는 모양이다. 그것이 훌륭한 일인지 아닌지 판단하기

곤란했다.

"진상은 눈치챘어."

클라우스는 말했다.

"저 컨테이너에 있는 여성의 이름은 뭐지?"

"마틸다 씨예요!"

아네트는 숨기지 않고 모든 질문에 대답해 줬다.

소녀들과 마틸다의 만남, 레스토랑에서 한 식사, 마틸다의 곤궁한 상황과 구출, 스파이 발각, 모니카와 티아의 대립, 그리고 도주 방조.

마치 멋진 추억처럼 아네트는 이야기했다.

"너는 어땠지?"

클라우스는 물었다.

"이번 휴가는 즐거웠나?"

"아주 충실했어요!"

아네트는 작게 뛰었다.

"나님, 공부가 됐어요. 처음에는 어째서 누님들이 『엄마』라는 걸 신경 쓰는지 몰랐어요. 줄곧 납득이 안 갔어요! 수영장에서 만났을 때도, 레스토랑에서 식사할 때도, 전혀 이해가 안 갔어요!"

"그런가. 『엄마』가 뭔지 알게 됐나?"

"네! 나님, 조금 더 똑똑해졌어요!"

하얀 이를 보였다.

"때로는 화내고, 때로는 칭찬해 주고, 여러 가지를 가르쳐 주고,

그리고 나님의 마음을 응원해 주는 사람— 그게 엄마예요! 그래서 엄마가 슬픈 표정을 지으면 나님도 화가 나요. 그런 존재예요!"

의외라고 느꼈다.

아네트의 목소리에는 절절한 실감이 담겨 있었다. 클라우스가 아는 아네트와는 인상이 조금 달랐다. 이 소녀는 좀 더 종잡을 수 없는 발언을 반복했었다.

요 며칠간 아네트의 마음에 미세한 변화가 있었던 모양이다.

하지만 한 가지 확인해야 했다.

"그 엄마라는 건."

클라우스는 미심쩍다는 시선을 보냈다.

"마틸다를 말하는 건가?"

"아니요."

아네트는 말했다.

"티아 누님이에요!"

이어서 말했다.

"그 여자는 불합격이에요."

잘라 버리는 듯한 차가운 말투였다.

그 눈동자는 까맣게 맑았다.

클라우스는 손끝이 미미하게 저릿한 것을 느꼈다. 일류 스파이조차 가질 수 없는 선명하고 강렬한 악의가 전해졌다. 옆에 있는 천진난만한 소녀가 뿜어내고 있다고는 생각할 수 없을 정도로.

"……역시 너는 마틸다의 본성을 간파하고 있었군."

마틸다는 절도 집단을 살육했다.

티아 일행은 몰랐던 것 같지만, 마틸다는 아무렇지도 않게 살인을 범하는 위험한 적이었다.

“대체 언제 눈치챘지?”

“그 여자가 스파이라는 게 발각된 다음 날, 나님은 간파했어요! 해변에서 만났을 때, 피비린내가 났고 경찰이 뛰어다녔어요.”

“그랬군.”

“나님, 크게 격노했어요!”

아네트는 뺨을 부풀렸다. 귀엽게.

“갑자기 뻔뻔스럽게 나타나고, 기껏 공구함을 되찾아 줬더니 살인을 저지르고. 티아 누님의 은혜를 원수를 갚다니 말도 안 돼요!”

“하지만 그녀를 육군에 넘긴다는 선택은 안 했군.”

그것이 가장 편한 방법이리라. 실제로 모니카는 실행에 옮기려고 했을 터다.

아네트는 고개를 좌우로 흔들었다.

“—우리가 되찾은 도구로 제국의 스파이가 국민을 죽였어요.”

“……”

“그 사실이 육군 사람들에게 알려지면 『등불』의 대형 스캔들이죠?”

옳다.

마틸다는 아네트의 모친이다. 첩보 기관에서 일하는 자국민 소녀가 적국 스파이의 딸이고, 도구를 되찾아서 지원했고, 그 결과 희생자도 나왔다.

범죄자만 희생됐다고는 하지만, 악의 있는 자가 이용한다면 대외정보실에 비난이 쏟아지리라. 육군 내부에는 스캔들을 고대하는 인간이 수두룩하다.

"……즉, 귀찮은 사태였단 건가."

클라우스는 총괄했다.

"마틸다가 육군에게 구속되면 약점을 잡히고. 제한 시간은 가깝고. 하지만 모든 것을 해결할 수 있는 나는 없어. 무엇보다 너는 배알이 뒤틀려 있었지."

그리하여 이 결과가 도출되었다.

"—그래서 너는 마틸다 암살을 단행했어."

"정답이에요! 역시 클라우스 형님!"

아네트는 손뼉을 쳤다.

세 번째 싸움— 좋은 엄마를 연기하는 마틸다와 무구한 딸을 연기하는 아네트의 속고 속이는 싸움.

그 승패는 명백했다.

"도주를 돕는 척 컨테이너에 가뒀나."

클라우스는 다시 컨테이너의 번호를 확인했다.

역시 마틸다는 도망치기 적합하지 않은 컨테이너에 갇혀 있었다.

아무도 눈치채지 못한 걸까?

아닐 것이다. 티아는 확실하게 번호를 확인했을 터다.

"……숫자를 바꿔 적었군. 물에 녹는 도료로 숫자를 바꿔서 예정과 다른 컨테이너에 넣었어. 그 후, 도료는 비에 씻기고 올바른 번호가 나타났지."

"대단해요. 연속 정답이에요!"

아네트가 다시 손뼉을 쳤다.

당연했다. 악의가 없다면 도망자를 저 철제 상자로 보내지 않는다. 공조기도 없으며 화장실도 없는 밀폐 공간이다. 평범한 사람은 하루만 있어도 미치려고 할 것이다.

원래는 열다섯 시간 항해할 계획이었으리라. 마침 라일라트 왕국으로 가는 배가 있다.

하지만 아네트가 인도한 곳은 전혀 다른 배였다.

"저 컨테이너는 다른 대륙으로 가는 화물선에 실려."

클라우스는 중얼거렸다.

"일단 묻겠는데, 탈출할 여지는?"

"금방 고장 나는 탈출 도구를 건넸어요! 불가능해요!"

본래 많은 화물을 운반하기 위한 물건이다. 사람이 갇힐 것을 상정하지 않았다. 내부에서 어떻게 화물이 무너지든 절대로 문은 열리지 않도록 만들어진다.

즉—.

"최장 열흘간 마틸다는 유폐되고— 굶어 죽어."

컨테이너가 다른 항구에 도착할 무렵에는 분노 범벅이 된 아사자가 완성된다.

아네트는 순진하게 웃었다.

"나님을 화나게 한 벌이에요!"

잔인하지만 합리적인 암살 방법이다. 육군에게도 동료에게도 알려지지 않는다.

무엇보다 마틸다가 완전히 방심한다. 다른 동료는 진심에서 나온 선의로 마틸다를 컨테이너에 들여보내려고 하니까. 전투조차 필요 없다.

"하지만 불충분하지 않나?"

클라우스는 코멘트했다.

"이상을 눈치챈 마틸다가 도움을 구해서 살아날 가능성이 있잖아. 두꺼운 철제 감옥이긴 하지만, 목소리가 바깥에 들릴 가능성도 없지는 않아."

"상냥한 나님의 자비예요! 딱 1%, 살아날 가능성을 남겨 줬어요."

아네트가 밝힌 순간, 그것은 찾아왔다.

—컨테이너가 폭발했다.

크레인에 달려 있던 컨테이너가 갑자기 불을 내뿜었다.

눈 깜짝할 사이에 전체가 화염에 휩싸여서 컨테이너는 불타는 관이 되었다.

"그리고 바로 지금! 1%도 날아갔어요!"

강렬한 불꽃이 만들어 내는 빛이 역광이 되어 아네트의 표정을 지웠다.

컨테이너 안에 든 것은 밀가루였나. 어두운 밤에 검은 연기가 높이 올라갔다.

항구의 노동자들은 당황하여 컨테이너를 내리기 시작했다.

아네트는 그런 사람들을 내려다보고 고개를 끄덕였다.

"폭탄은 마틸다 자신이 준비한 거예요. 설치한 것도 기동한 것도 본인이에요."

아네트의 특기는 알고 있다. 흠집이나 오염조차 재현하는 완벽한 복제.

바꿔치기했을 것이다.

마틸다와 아네트가 둘 다 가지고 있는 것― 공구함일까. 항구에서 도주 중에 아네트는 마틸다의 공구함에 설치된 폭탄을 눈치챘고 그걸 어떻게 사용할지도 간파했다.

―아네트에게 공구함을 주고 터트려 죽인다.

그것을 아네트는 반대로 이용하여 마틸다를 자폭으로 몰아넣었다.

"자멸하다니 불쌍한 녀석이네요!"

아네트는 재미없다는 듯 내뱉었다.

"나님을 죽이려고 하지 않았다면 살 수 있었을지도 모르는데."

아네트의 말대로다.

마틸다가 딸 살해를 포기했다면 일어나지 않았을 비극이다.

동정의 여지는 없다. 없을 테지만―.

"……."

갑자기 불이 난 컨테이너 때문에 항구에서는 노동자들이 우왕좌왕하고 있었다. 다행히 다친 사람은 없는 듯했다. 머지않아 그들은 발견할 것이다. 컨테이너 안에서 폭풍을 맞은 시신을. 밀폐된 컨테이너는 금방 초고온에 이른다. 시신은 특정하기 어려울 정도로 손상된다.

만약 티아가 이 사실을 알았다면 어떻게 느꼈을까.

선의를 이용하여 엄마를 암살하기로 한 아네트에게 아연실색할 것이 틀림없다.

그렇기에 동료에게는 밝힐 수 없었다.

목적을 이루기 위해 착하게 웃으며 무지한 자를 이용하는— 사악한 수법.

"……혹시 형님도."

아네트가 시선을 보내왔다.

"『존재가 잘못됐다』고 말할 건가요?"

마치 마음에서 새어 나온 듯한 뜬금없는 질문이었다.

"음, 무슨 뜻이지? 누군가에게 들었던 말인가?"

"그건…… 응? 어라? 잘 기억이 안 나요!"

"너까지 잊어버리면 어쩌자는 거야."

"그래도 나님, 자주 들었던 것 같아요!"

아네트는 즐겁게 말했다.

"나님이 뭔가 할 때마다 너는 존재 자체가 잘못됐다고 했어요."

"……."

예전에 말했던 자가 있을 것이다.

웨르타도 말했다. 군인의 직감으로, 도시에 숨은 아네트의 악의에 반응했다. 존재 자체가 잘못된 압도적인 악이라고 했다.

아네트의 과거에도 비슷한 말을 내뱉은 인물이 있었을지도 모른다.

마틸다일까. 아니면 양성 기관의 교관일까.

클라우스는 고개를 가로저었다.

'틀렸어. 아무것도 못 보는 어리석은 자들뿐이야.'

그 부정을 부정했다.

한 가지 정답이다. 수단은 끔찍해도 아네트는 인정받아야 한다.

아네트의 판단이 없었다면— 어떻게 됐지?

자포자기한 마틸다가 군인에게 돌격하여 희생자가 나왔을지도 모른다.

군부 쪽에서 하찮은 스캔들을 쥐게 됐을지도 모른다.

뛰어난 연기력을 구사하는 난적·마틸다를 놓쳤을지도 모른다.

『등불』도, 육군도, 제국의 스파이마저 휘둘러서, 냉혹한 소녀가 이끌어 낸 답.

그것은 자국에 있어 최고의 결말이었다.

"아네트, 네가 간직한 잔혹함은 팀의 누구와도 다른 무기야. 잘

못일 리가 없어."

만약 잘못된 것을 정해야 한다면 그건 세계다.

이 잘못된 세계에서 아네트는 올바른 선택을 했다.

"—극상이야. 나는 너를 가입시킨 결단을 자랑스럽게 생각해."

착한 사람들뿐인 팀은 쉽게 와해된다. 자신들이 사는 곳은 설탕과 시럽으로만 이루어진 달콤한 세계가 아니다. 가끔은 잔인해져야만 하는 때가 온다.

다름이야말로 팀을 강하게 한다. 여러 동료가 있기에 팀은 강해진다.

불가결했다. 악을 이기는— 사악함이.

한 점의 흐림도 없는 순수한 악이 필요해지는 순간이 언젠가 반드시 찾아온다.

『등불』의 최종 병기— 그것이 클라우스가 아네트에게 부여한 역할이니까.

"역시 형님! 사랑해요!"

아네트는 즐겁게 점프하여 클라우스의 목에 팔을 둘렀다.

"달라붙지 마."

"거절하겠어요!"

명령했지만 아네트는 조금도 떨어지려고 하지 않았다.

클라우스의 목에 대롱대롱 매달려 있었다. 온몸이 쫄딱 젖어서 클라우스의 옷에 물이 스며들었다.

"형님에게는 특별히 알려 줄게요. —나님의 마지막 비밀!"

아네트는 그 자세 그대로 말했다.

"나님이 마틸다 씨를 죽인 또 다른 이유예요."

"……뭐지?"

"폭언을 뱉었어요! 죽였어도 아직 나님의 화는 가라앉지 않아요!"

아네트는 클라우스의 몸을 기어올라 귓가에 속삭였다.

"『저 아이는 변하지 않았어요』— 그 여자는 4년 만에 만난 나님을 보고 그렇게 지껄였어요."

그 한마디에 아네트는 엄마를 암살하기로 결단했다.

마틸다는 틀림없이 예상도 못 했을 것이다. 그녀는 아네트의 역린을 건드리고 말았다. 아무리 좋은 엄마를 연기해도 의미가 없다.

망아지경으로 돌진하는— 폭주하는 아네트의 살의를 막을 수 없었다.

마틸다가 딸을 농락하지 못한 요인.

아네트가 티아를 따르고 마틸다를 증오한 분기점.

사악함은 천사처럼 순진한 목소리로 털어놓았다.

"나님, 키가 안 크는 게 고민이거든요."

NEXT MISSION

"……."

아지랑이 팰리스의 테라스에서 티아는 울적한 표정을 짓고 있었다.

아네트 사변 — 마틸다 소동을 그렇게 불렀다 — 으로부터 귀가한 지 하루, 도저히 마음이 개운해지지 않았다. 표면상으로는 밝게 행동해도 문득 혼자가 되면 조소하는 마틸다의 눈빛이 떠올랐다.

열등감에 시달린 한 달이었다.

자신보다 높은 경지에 있는 스파이들과 만났고, 그들의 손바닥 위에서 계속 놀아났던 것 같다.

클라우스, 시체, 모니카, 마틸다—.

그들이 선 무대에 자신은 얼마나 다가갔을까.

선발조의 긍지는 이미 없었다. 그레테 일행은 클라우스가 없는 상황에서 적국의 스파이를 한 명 쓰러뜨렸다고 했다. 그에 비해 자신은 무엇을 해냈는가.

동경하는 뒷모습은 멀었다. 너무 멀어서 눈물이 날 것 같았다.

"낮빛이 어둡군."

뒤에서 누군가가 말을 걸어왔다.

클라우스였다. 양손에는 머그잔이 있었다. 방금 끓인 홍차를 건넸다.

“고마워……. 그냥 좀 우울해서 그래.”

“그런가. 실은 나도 그래.”

“어? 선생님이?”

“놀랄 일은 아니겠지. 나도 인간이야. 때로는 풀이 죽기도 해.”

클라우스는 티아 옆에 섰다.

“설령 임무에 성공했더라도 아무런 흠이 없다고는 할 수 없어. 더 나은 선택이 있지 않았을까 고민되지.”

“선생님도 그렇구나…….”

클라우스는 자신의 머그잔에 입을 댔다. 필요 이상으로 묻지 않고, 필요 이상으로 이야기하지 않았다. 그도 최근 뭔가 후회를 남긴 걸까.

—이를테면 원수를 놓쳤다든가.

“…….”

신경 쓰이지만, 클라우스는 묵묵히 홍차를 마시고 있었다.

다른 질문을 하자.

“있지…… 이 분한 마음을 풀려면 어떻게 해야 해?”

“그 방법은…… 내가 대답하기보다 내 보스의 답을 전하기로 할까.”

“『홍로』 씨?”

“너한테는 그쪽이 좋겠지.”

클라우스는 단숨에 머그잔을 비웠다.

“다음 임무를 완벽하게 성공시킨다— 그게 다야.”

“역시. 멋져.”

클라우스를 따라 티아도 머그잔을 쭉 기울여 홍차를 다 마셨다. 화상 입기 직전의 뜨거운 액체가 목구멍을 넘어갔다. 몸 내부에 열이 생겨서 휴우 한숨을 쉬었다.

"갈까."

클라우스가 고개를 끄덕였다.

"슬슬 전원 모여 있을 거다."

티아는 클라우스를 따라 대형 홀로 향했다.

홀에는 이미 모든 소녀가 모여 환담을 나누고 있었다.

멋대로 행동하기 시작하는 자가 있었지만 그걸 억제하는 자도 있었다.

모니카가 눈썹을 찌푸리고서 「……시끄러우니 방으로 돌아갈까」라며 자리를 벗어나려고 했으나, 릴리가 「헤이, 내 자랑이 아직 안 끝났어요!」라며 모니카의 팔을 잡고 놓아주지 않았다.

환담에 끼지 못한 에르나가 어색한 얼굴로 떠나려고 했지만, 그걸 눈치챈 사라가 「에르나 선배, 관광지는 어땠습까?」 하고 다정하게 웃으며 말을 걸었고, 에르나는 「아네트가 괴롭혔어!」라고 호소했다.

아네트가 몸을 가만두지 못하고 「나님, 따뜻한 우유를 마실래요!」라며 부엌으로 가려고 했지만, 지비아가 「읏차…… 지금은 참아」 하고 타고난 신체 능력으로 신속하게 붙잡았다.

"……."

그 광경을 보고 티아는 말이 제대로 나오지 않았다.

"……왜 그러시나요?"

그레테가 물었다.

"아니, 역시 다 모이니까 좋다고 생각했을 뿐이야."

문제아가 정리되는 기적을 느끼고 티아는 찬사를 보냈다.

클라우스는 소녀들의 정면에 서서 고개를 끄덕였다.

"—극상이야."

먼저 늘 하는 말버릇으로 칭찬했다.

"국내 임무, 수고했다. 국가에도 팀에도 알찬 성과를 올렸어. 이로써 『등불』은 다음 단계로 나아갈 수 있다."

"다음 단계?"

지비아가 물었다.

"생포한 『시체』가 정보를 실토했다."

클라우스가 고했다.

"『뱀』이 어디 나타날지 판명됐다. 마침내 꼬리가 보이기 시작했어."

오오, 소녀들이 경탄했다.

본래 암살 임무인 것을 생포로 변경한 성과였다. 『시체』 정도의 실력자라면 괜찮은 정보를 가지고 있으리라고 클라우스가 기대한 대로.

정체불명의 스파이팀 『뱀』— 『화염』을 멸망시킨 알 수 없는 집단.

클라우스와 인연이 있는 적이자 소녀들이 모인 요인이기도 한 존재였다.

"그래서?"

지비아가 도발적으로 웃었다.

"다음은 누구를 선발할 거야?"

그 말이 나오자 홀에 모인 소녀들이 숨을 삼켰다.

멤버는 모두 모였다.

『몽어』 티아. 특기는 교섭. 3초 마주 보면 타인의 소망을 읽을 수 있다.

『애랑』 그레테. 특기는 변장. 자유자재로 모습과 목소리를 바꿀 수 있다.

『화원』 릴리. 특기는 독. 본인은 독이 듣지 않는 특이 체질.

『백귀』 지비아. 특기는 절도. 기척을 지우고 온갖 것을 훔친다.

『빙인』 모니카. 특기는— 은폐 중. 특기에 기대지 않는 뛰어난 종합력.

『초원』 사라. 특기는 조교. 매와 개를 중심으로 많은 동물을 다룰 수 있다.

『망아』 아네트. 특기는 공작. 기존의 물건을 완전히 복제한 무기를 만들어 낸다.

『우인』 에르나. 특기는 사고. 불행의 조짐을 읽고 타깃을 함께 불행에 빠뜨린다.

거듭된 훈련과 국내 임무로 그 실력을 키운 소녀들에게 클라우스는 고했다.

"전원이다. ―여기 있는 아홉 명이 함께 『뱀』의 정체를 밝히자."

소녀들이 환호성을 지르며 주먹을 치켜들었다.

작전이 전달되었다.

이번에는 외국에 잠입하는 임무다. 목적지는 소녀들이 처음 밟는 땅이기도 했다.

다른 대륙— 무자이아 합중국.

세계 대전에 참가하지 않고 전지에 물자를 공급하여 급성장을 이룬 대국이다. 지금은 정치도 경제도 이 나라가 견인했다. 딘 공화국과는 비교도 되지 않는 세계 제일의 경제 대국.

최대 규모의 임무가 될 듯한 예감에 불안과 기대가 소용돌이쳤다.

"티아."

그리고 클라우스가 고했다.

"현장에서는 네가 지휘해."

"어……?"

티아는 눈을 동그랗게 떴다.

"지금의 너라면 가능할 거다. 그레테에게 계획을 세우라고 하고 다른 멤버에게 지시를 내려."

"자, 잠깐만 기다려. 선생님은 어쩌려고?"

지휘는 지금까지 클라우스의 역할이었다.

그가 보스로서 후방에 서고 소녀들을 움직이는 것이 『등불』의 기본이었다.

"뻔한 것 아닌가? 지금의 너희라면 내 부담을 짊어질 수 있어. 그만큼 나는 자유롭게 움직일 수 있지. 내게 더 적합한 포지션으로."

클라우스는 밝혔다.

"내가 최전선에 선다."

그 말에 소녀들의 가슴은 떨렸다. 기대와 환희가 뒤섞인 감동이었다.

인간을 벗어난 직감과 스승에게 물려받은 무적의 격투술.

숙적 『뱀』과의 싸움에서 클라우스의 진가가 발휘되려고 했다.

■작가 후기

3권 후기에서 할 말은 아니지만, 2권을 집필할 때 있었던 일을 이야기하고 싶습니다.

1권 발매 시에 공식 홈페이지에서 인기투표가 이루어졌습니다. 조금 불행한 금발 아이를 제외한 일곱 히로인 중에서 빛나는 1위가 된 소녀를 2권 표지로 한다는 기획이었습니다. 2권의 메인이 그레테였기에 성립하는 기획이기도 했습니다.

하지만 걱정도 있었습니다. 1권 발매 직전에 편집자님이 말씀하셨죠.

"타케마치 씨. 만약 2권에서 등장하지 않는 아이가 1등이 되면 어쩌죠?"

역시 편집자님다운 착안점이었습니다. 이미 2권 원고는 대강 다 쓴 상태였습니다. 만약 티아나 모니카가 1등이 되면 표지를 장식한 아이가 이야기에 등장하지 않는 이해하기 힘든 사태가 벌어지는 거였죠.

하지만 제게는 생각이 있었습니다.

"걱정하지 마세요! 그때는 바로 2권 원고를 수정하겠습니다!"

여담인데, 데뷔 직전 작가의 80%는 알 수 없는 전능감을 가집니

다. (아마도요)

근거 없는 자신감을 표명하고 1권 발매 후— 편집자님에게서 전화가 왔습니다.

“1등은 아네트가 됐습니다. 예정대로 2권 원고를 수정해 주실 수 있을까요?”

“네……?”

굉장하다. 1권에서 묘사가 별로 없었기에 어려우리라고 생각했던 캐릭터가 쿠스노키 토모리 님의 목소리와 토마리 선생님의 캐릭터 디자인의 지원을 받아 놀랍게도 1등. 정말로 굉장하다.

저는 감동하며 떨리는 목소리로 말했습니다.

“죄송합니다. 이 아이가 활약하면 2권이 무너져요……. 이 아이만큼은 무리예요.”

편집자님은 「이 녀석 무슨 소릴 하는 거지」라고 생각하셨을 겁니다. 정말 죄송했습니다.

그런고로 그녀는 눈 깜짝할 사이에 제 손을 떠난 캐릭터입니다. 제 사정 따위 「나님, 알 바 아니에요!」라며 일소에 부치고 제 전능감을 박살 냈습니다.

이제는 누구도 제어할 수 없어요. 그것도 그녀의 매력 같습니다.

이 결과를 만들어 주신 토마리 선생님, 그리고 기획을 더 뜨겁게 달궈 주신 성우님께 다시금 감사드립니다. 무엇보다 투표해 주신 독자님들께도 감사드립니다.

마지막은 다음 권 예고입니다. 오래 기다리셨습니다. —마침내

『등불』 전원 집합입니다.

성장한 소녀들이 집결하여 강적에 맞섭니다. 지금까지의 시리즈 집대성. 『스파이 교실』 퍼스트 시즌의 종막에 걸맞은 4권—이 될 수 있도록 힘내겠습니다. 그럼 이만.

타케마치

스파이 교실 3
《망아》의 아네트

초판 1쇄 발행 2021년 7월 20일

지은이_ Takemachi
일러스트_ Tomari
옮긴이_ 송재희

발행인_ 신현호
편집부장_ 윤영천
편집진행_ 김기준 · 김승신 · 원현선 · 권세라
편집디자인_ 양우연
관리 · 영업_ 김민원 · 조인희

펴낸곳_ (주)디앤씨미디어
등록_ 2002년 4월 25일 제20-260호
주소_ 서울시 구로구 디지털로 26길 111 JnK디지털타워 503호
전화_ 02-333-2513(대표)
팩시밀리_ 02-333-2514
이메일_ lnovelpiya@naver.com
L노벨 공식 카페_ http://cafe.naver.com/lnovel11

ISBN 979-11-278-6082-0 04830
ISBN 979-11-278-5816-2 (세트)

값 10,000원

고블린 슬레이어 1~14권

카규 쿠모 지음 | 칸나츠키 노보루 일러스트 | 박경용 옮김

"나는 세상을 구하지 않아. 고블린을 죽일 뿐이다."
그 변경의 길드에는 고블린 토벌만 해서
은 등급까지 올라간 희귀한 모험가가 있다…….
모험가가 되어 처음 짠 파티가 괴멸하고 위기에 빠진 여신관.
그때 그녀를 구해준 자가 바로 고블린 슬레이어라 불리는 남자였다.
그는 수단을 가리지 않고, 수고도 마다치 않으며 고블린만을 퇴치한다.
그런 그에게 여신관은 휘둘려 다니고, 접수원 아가씨는 감사하며,
소꿉친구인 소치기 소녀는 기다린다.
그런 가운데 그의 소문을 듣고서 엘프 소녀가 의뢰를 하러 나타났다—.

압도적 인기의 Web 작품이 드디어 서적화!
카규 쿠모 × 칸나츠키 노보루가 선물하는 다크 판타지, 개막!
TV 애니메이션 방영작!

BOOKS

라이트노벨의 새로운 빛! L북스의 신간은 매월 20일에 발매됩니다. http://cafe.naver.com/lnovel11

모험가
모지 카키야
MOJIKAKIYA
toi8
ILLUSTRATION
가 되고 싶다며
도시로 떠났던 딸이 8
S랭크가 되었다
MY DAUGHTER GREW UP TO "RANK S" ADVENTURER.
L BOOKS